# 24 HORAS EN LA VIDA DE UNA MUJER

Stefan Zweig

Depósito Legal: GR 573-2024
ISBN: 978-84-10155-95-4

Impreso en España

Edita
ALIAR Ediciones
**www.aliarediciones.es**
*info@aliarediciones.es*

# 24 HORAS EN LA VIDA DE UNA MUJER

Stefan Zweig

En la pequeña pensión de la Riviera, donde entonces, diez años antes de la guerra, me hospedaba, estalló en nuestra mesa una violenta discusión que, exacerbando súbitamente ánimos, amenazó con degenerar en furiosa reyerta.

La mayoría de los hombres poseen escasa imaginación. Todo lo que no les afecta de una manera inmediata y no hiere directamente sus sentidos, cual dura y afilada cuña, apenas logra excitarles; mas si un día, ante sus ojos y en una proximidad palpable, acontece algo insignificante, estallan inmediatamente en una pasión desmesurada. Entonces, en cierto modo, su apatía se trueca en vehemencia frenética y extemporánea.

Así ocurrió esta vez entre el grupo de personas enteramente burguesas que se sentaban a nuestra mesa, donde, de ordinario, nos entregábamos a un pacífico *small talk* y a pequeñas chanzas insubstanciales, para dispersarnos luego de terminada la comida: el matrimonio alemán volvía a sus excursiones y a sus fotografías, el sosegado danés a su aburrida pesca, la distinguida dama inglesa a sus libros, el matrimonio italiano a sus escapadas a Montecarlo y yo a hundirme perezosamente en un sillón del jardín o a mi trabajo. Esta vez, en cambio, nos sentimos todos penetrados de viva irritación, y cuando alguno de nosotros se levantaba de la silla, no lo hacía con el gesto cortés acostumbrado, sino con acalorados ademanes que, como ya dije antes, adquirieron formas violentas.

El caso que así había alterado la placidez de nuestra pequeña mesa redonda era, sin duda, muy singular. La pensión en que habitábamos nosotros siete ofrecía exteriormente el aspecto de una villa aislada —¡ah, qué maravillosa perspectiva abríase a nuestras miradas a través de las ventanas sobre la playa roqueña!—, pero en realidad no se trataba sino de una dependencia más económica del gran Palace Hôtel, al cual se hallaba inmediatamente unida por el jardín, de manera que nosotros, los vecinos de al lado, vivíamos en constante relación con sus huéspedes. El día antes habíase producido en este hotel un formidable escándalo. En el tren de mediodía, a las doce y veinte minutos (véome obligado a citar exactamente la hora, pues se trata de un detalle importante para la explicación de esta historia y la de aquella disputa), había llegado un joven francés, el cual tomó una habitación que daba al mar; esto revelaba ya, de su parte, una holgada situación económica. Pero este joven francés no sólo se hacía atrayente por su discreta elegancia, sino también y de modo especial por su singular belleza llena de simpatía; en su delicada y femenina faz, un bigote rubio y sedeño acariciaba sus labios sensuales y cálidos; sobre la blanca frente los obscuros cabellos, suaves y ondulados, se ensortijaban, y sus tiernos ojos cautivaban con la mirada...; todo, en fin, en su persona era delicado, seductor, amable pero sin afectación ni artificio alguno. A primera vista y observado de lejos recordaba esos maniquíes de cera, de color rosado, petulantemente echados hacia atrás, que vemos en los escaparates de los grandes establecimientos de modas, y que, con un bastón de fantasía en la mano, representan el ideal de la belleza masculina; pero, visto de cerca, desvanecíase esa primera impresión, por cuanto

—¡caso raro!— su atractivo era algo natural, innato, como emanado de su propio organismo. Al pasar, saludaba a todos de una manera a un tiempo sencilla y cordial. Era realmente agradable observar cómo su gracia, siempre espontánea, se manifestaba en todo momento con naturalidad. Al dirigirse una señora al guardarropa, acudía solícito a recogerle el abrigo; tenía para cada niño una mirada cariñosa o una frase amable; se mostraba con todos como persona accesible y al mismo tiempo discreta; en una palabra, parecía uno de esos afortunados mortales que, conscientes de que resultan simpáticos por la clara expresión de su faz y por su gracia juvenil, transforman esa seguridad en una nueva gracia. Entre los huéspedes del hotel, que eran, en su mayoría, personas viejas y achacosas, su presencia ejercía un efecto saludable, y con ese ímpetu triunfal de la juventud, con esa agilidad y esa ansia de vivir de que están maravillosamente dotadas ciertas personas, captábase de modo irresistible la simpatía de todos. Dos horas después de su llegada, jugaba ya al tenis con las dos hijas del corpulento y acaudalado fabricante de Lyon, Annette y Blanche, de doce y trece años, respectivamente, mientras su madre, madame Henriette, fina, exquisita, siempre muy retraída, contemplaba con leve sonrisa a sus dos inexpertas hijas, tan niñas aún, en plan de flirtear inconscientemente con el desconocido. Por la noche, jugó con nosotros una hora de ajedrez, nos contó incidentalmente y del modo más discreto unas graciosas anécdotas; después, reuniéndose de nuevo con madame Henriette, la acompañó largo rato en su paseo por la terraza, ejercicio al que la dama se entregaba todas las noches, mientras su esposo jugaba al dominó con unos corresponsales. Ya muy tarde, le observé aún en la penumbra de la oficina sosteniendo con la secretaria del hotel una charla íntima, muy sospechosa. A la mañana siguiente, acompañó a la pesca a mi compañero danés demostrando grandes conocimientos sobre la materia; más tarde habló largamente de política con el comerciante de Lyon, resultando ser un muchacho muy divertido, pues oíanse a menudo resonar por las rocas de la playa las carcajadas del grueso señor. Después de la comida —es absolutamente indispensable, para la buena comprensión del asunto, que deje aquí exactamente consignadas todas las fases de su distribución del tiempo—, estuvo sentado aún durante una hora con madame Henriette en el jardín, donde ambos tomaron café; a continuación, jugó de nuevo al tenis con las dos niñas y charló con el matrimonio alemán en el *hall*. Hacia las seis, tropecé con él en la estación, cuando me dirigía a echar una carta. El muchacho vino presurosamente a mi encuentro, diciéndome, con aire de disculpa, que había sido llamado de improviso, pero que volvería a reunirse con nosotros dentro de un par de días. A la hora de la cena, fue echado realmente de menos, aunque sólo en cuanto a su persona, ya que en todas las mesas no se hablaba sino de él, alabando todos su manera de ser, tan simpática y alegre. Ya de noche, a eso de las once, hallábame sentado en mi habitación terminando la lectura de un libro, cuando de pronto, a través de la ventana abierta, oí en el jardín unos gritos y llamadas inquietas, y observé allá en el hotel inusitada agitación. Más alarmado que curioso, salvé corriendo los quince pasos que me separaban del hotel, encontrando a los huéspedes y al servicio presas de la mayor nerviosidad. Madame Henriette, mientras su marido, con su acostumbrada puntualidad, jugaba al dominó con sus amigos de Namur, había salido a dar su paseo de todas las noches por la terraza de la playa y no había vuelto aún. Se temía que hubiese sido víctima de un desagradable accidente. Y el marido, habitualmente tan cachazudo y lento, corría ahora como una fiera por la playa, gritando: «¡Henriette! ¡Henriette!», y su voz, desgarrada por la emoción, tenía algo de horrible y primitivo, como el aullido de una bestia enorme herida de muerte.

Criados y *grooms* subían y bajaban las escaleras; se despertó a todos los huéspedes; se telefoneó a la policía. En medio de todo aquel barullo, tropezábase siempre con el grueso comerciante que iba de aquí para allá, con el chaleco abierto, gritando, sollozando, clamando como un loco: «¡Henriette! ¡Henriette!». Entre tanto, las niñas se habían despertado, y, asomadas a la ventana, en camisa de dormir, en camisa de dormir, llamaban desoladamente a la madre, hasta que el apenado marido corrió hacia ellas para tranquilizarlas.

Luego, ocurrió algo tan terrible que apenas puede describirse, pues la naturaleza humana, en momentos de violenta tensión, presta a menudo a los individuos actitudes de una expresión tan sumamente trágica, que ni la imagen ni la palabra sabrían reproducirlas con suficiente intensidad. De pronto, el grueso y pesado comerciante descendió los crujientes peldaños de la escalera con aire completamente fatigado, pero al mismo tiempo colérico. En la mano llevaba una carta.

—¡Llame al servicio! —dijo al mayordomo con voz todavía inteligible—. ¡Mande que se retire! ¡No hace ninguna falta! ¡Mi mujer me ha abandonado!

En el aspecto de aquel hombre mortalmente herido observábase un esfuerzo por reprimirse, un esfuerzo de sobrehumana tensión ante toda la gente que le rodeaba, empujándose, para poder contemplarlo, y que, luego, fue alejándose, presa de temor, de vergüenza, de turbación. Con todo, conservó todavía fuerzas bastantes para pasar tambaleándose por delante de nosotros, aunque sin mirar a nadie, y para apagar la luz del salón de lectura; después se oyó cómo su voluminoso cuerpo se desplomaba pesadamente en un sillón, percibiéndose un sollozo salvaje, brutal, única manera como puede llorar un hombre que no había llorado nunca. Y aquella congoja, aquel dolor elemental ejercía sobre cada uno de nosotros, aun sobre los más superficiales, un afecto aturdidor. Ninguno de los camareros, ninguno de los huéspedes a quienes atrajera la curiosidad, osaba arriesgar la menor sonrisa o, por el contrario, una palabra de consuelo. Silenciosos, como avergonzados ante aquella brutal explosión del sentimiento, todos, uno tras otro, nos retiramos a nuestras habitaciones, mientras allá en el obscuro salón seguía gimiendo y agitándose convulso aquel hombre dolorido, completamente solo. Mientras tanto, el hotel fue apagando sus luces; entre ruidos, murmullos, bisbiseos... hasta quedar sumido en el silencio.

Fácilmente se comprenderá que un suceso tan deplorable, desarrollado ante nuestras miradas, era muy a propósito para sacudir violentamente la sensibilidad de personas como nosotros, acostumbradas a una vida de ocio, exenta de preocupaciones. Pero aquella disputa que después estalló de manera tan vehemente en nuestra mesa y que llegó a los límites de la violencia, si bien tenía como punto de partida aquel extraño incidente, en esencia era más bien una divergencia de principios, una lucha furiosa entre maneras opuestas de sentir y de concebir la vida. Debido a la indiscreción de una de las camareras, que había leído aquella carta —sin duda el desesperado marido, ciego de cólera y luego de estrujarla entre sus manos, la arrojó al suelo, sin darse cuenta de lo que hacía—, circuló pronto la noticia de que madame Henriette no se había marchado sola, sino acompañada del joven francés (lo cual motivó que la simpatía por este desapareciese rápidamente en la mayoría de los huéspedes). Desde el primer momento, se evidenció que aquella discreta madame Bovary de tercer orden había cambiado su cachazudo y provinciano marido por el bello y elegante adonis. Pero lo que a la pensión sorprendía sobremanera era el hecho de que ni el fabricante, ni sus hijas, ni la misma madame Henriette hubieran visto hasta entonces a ese Lovelace y que, por tanto, las dos horas de conversación por la noche en la terraza y la hora en que tomaron café en el jardín hubiesen bastado para decidir a una mujer de unos treinta y tres años, respetada de todos, a abandonar a su esposo y a sus hijas para seguir a un elegante joven desconocido. Este hecho, a todas luces evidente, era en general rechazado en nuestra mesa, considerándolo un pérfido engaño, una ingeniosa maniobra de los dos amantes: no cabía duda de que madame Henriette sostenía de antiguo relaciones secretas con el joven galán, el cual había venido allí únicamente para ultimar los detalles de su huida; porque —así lo consideraban— era absolutamente imposible que una mujer decente, después de un efímero trato de dos horas, se fugase tan frescamente a la primera indicación. Pero a mí me parecía divertido sostener una opinión opuesta y defendía enérgicamente la posibilidad y aun la verosimilitud de que una señora, tras varios años de matrimonio, decepcionada, hastiada, se sintiese íntimamente predispuesta a una aventura de ese género. A causa de mi oposición inesperada, la discusión se generalizó rápidamente y subió de tono, en particular porque los dos matrimonios, así el alemán como el italiano, juzgaban un desatino creer en el *coup de foudre* y lo rechazaban con ofensivo menosprecio, como una fantasía novelesca de mal gusto.

No hay por qué insistir aquí aportando detalles del curso tempestuoso de una disputa desarrollada entre la sopa y el postre: sólo los profesionales de la *table d'hôte* suelen mostrarse ingeniosos, y los argumentos expuestos en el calor de una casual conversación de mesa son en su mayoría superficiales, por lo mismo que brotan sin reflexión y a la ligera. También es bastante difícil averiguar por qué motivo nuestra discusión adquirió rápidamente aquella virulencia; la irritación, creo yo, empezó a consecuencia de que los dos maridos, sin propósito deliberado, pretendían que sus respectivas esposas estaban a cubierto de la posibilidad de caer en tales felonías y peligros.

Desgraciadamente, para defender este punto de vista, no hallaron nada más feliz que objetar que sólo podía hablar así quien juzgase la psicología femenina a través de las conquistas casuales y fáciles; pero cuando la señora alemana lo salpimentó diciendo que había, de un lado, las mujeres honestas y, de otro, las de temperamento de *cocotte,* entre las cuales, en opinión suya, debía incluirse a madame Henriette, entonces perdí la paciencia y me mostré, a mi vez, agresivo. Tanta resistencia a reconocer el hecho evidente de que una mujer, en ciertas horas de su vida, pese a su voluntad y a la conciencia de su deber, se encuentra indefensa ante el poder de fuerzas misteriosas, revelaba miedo del propio instinto, miedo del fondo demoníaco de nuestra naturaleza. Y parece que muchas personas experimentan cierto goce en juzgarse más fuertes, más morales y más puras que aquellas que son «fáciles de seducir». Yo, personalmente, encuentro más digno que una mujer ceda a su instinto, libre y apasionadamente, que no que, como ocurre por lo general, engañe al marido en sus propios brazos y a ojos cerrados. Así dije yo, poco más o menos; y cuando los demás, en el centelleo de la disputa, arreciaban en sus ataques contra la pobre madame Henriette, más apasionadamente la defendía yo (yendo, en verdad, mucho más allá de mi íntimo sentir). Esta exaltación mía fue, como suele decirse en el argot de los estudiantes, una especie de tocata para ambos matrimonios, los cuales, lívidos de furor y formando un cuarteto no muy armónico, se lanzaron de tal modo sobre mí, que el viejo danés, jovial e indiferente, con el reloj de trinquete en la mano, como si actuara de árbitro en un partido de fútbol, iba amonestando a unos y otros hasta que se veía obligado a descargar un puñetazo sobre la mesa, exclamando: «*Gentlemen, please!*[1]». Pero esto no producía más que un efecto momentáneo. Por tres veces estuvo a punto de levantarse airadamente,

1. ¡Por favor, señores!

con el rostro enrojecido, uno de los comensales, a quien a duras penas logró calmar su esposa. En una palabra, unos minutos más y nuestra discusión hubiera terminado violentamente si, de pronto, Mrs. C., actuando de aceite suavizador, no hubiese calmado el encrespado oleaje de la conversación.

Mistress C., la anciana y distinguida dama inglesa, era la presidenta de honor, tácitamente elegida, de nuestra mesa. Sentada en su sitio, erguido el cuerpo, siempre amable y cordial con todos, siempre silenciosa y al mismo tiempo dispuesta a escuchar con deferente interés, ofrecía un aspecto físico sumamente agradable; una maravillosa paz y recogimiento se reflejaba en su exterior aristocráticamente reservado. Manteníase distanciada de cada uno de nosotros hasta un discreto límite, aunque sabía mostrar a todos, con tacto exquisito, su personal estima y consideración: generalmente, se sentaba en el jardín acompañada de sus libros, a menudo tocaba el piano, raramente se la veía en sociedad o en conversación animada. Apenas se notaba su presencia y, sin embargo, ejercía sobre todos nosotros un influjo especial. No bien hubo ella intervenido en nuestra discusión, nos dimos cuenta de que habíamos hablado con excesiva acritud y destemplanza.

Mistress C., aprovechando el embarazoso silencio que se produjo al levantarse bruscamente de la mesa el señor alemán, trató de restablecer la paz entre nosotros. Levantó de pronto sus ojos grises y claros, me miró un momento irresoluta, para después, con claridad casi objetiva, recoger el tema desde su particular punto de vista.

—¿Usted cree, pues, si no he entendido mal, que madame Henriette, que una mujer, cualquiera que sea, puede lanzarse inocentemente a una aventura; que hay acciones que una mujer juzgaría imposibles una hora antes de cometidas *y* de las cuales no cabe hacerla responsable?

—Lo creo en absoluto, señora.

—En ese caso, todo juicio moral carecería en absoluto de sentido y toda transgresión a las buenas costumbres estaría justificada. Si usted cree realmente que el *crime passionnel*, como dicen los franceses, no es un crimen, ¿por qué existe entonces la justicia? No es precisa muy buena voluntad, y usted la posee hasta un grado asombroso —añadió sonriendo levemente—, para descubrir en todo crimen una pasión y a causa de ella disculparlo.

El acento claro y casi gozoso de sus palabras obró en mí como un sedante, y adoptando, sin advertirlo, su aire objetivo, repuse en el mismo tono, entre serio y zumbón:

—La justicia pública decide seguramente sobre esas cosas con mayor severidad que yo; ella tiene el deber de proteger despiadadamente las costumbres establecidas y las convenciones legales; está obligada a juzgar y no a disculpar. Yo, empero, en tanto que persona privada, no veo por qué he de adoptar el papel de juez; prefiero actuar de defensor. Personalmente, me causa mayor satisfacción comprender a los hombres que condenarlos.

Mistress C. me miró un momento fijamente con sus ojos grises y claros y vaciló. Temí que no me hubiera entendido, y me aprestaba ya a repetirle en inglés lo dicho. Pero, con singular seriedad, lo mismo que en un examen, siguió preguntándome:

—¿Usted no encuentra, pues, odioso, despreciable, que una mujer abandone a su marido y a sus hijas para seguir a un hombre cualquiera, del que nada sabe, ni siquiera si es digno de su amor? ¿Puede usted realmente excusar una conducta tan atolondrada y liviana en una mujer que, además, no es ya una jovencita y que siquiera por amor a sus hijas hubiese debido preocuparse de su propia dignidad?

—Le repito, señora —insistí—, que no quiero en este caso ni juzgar ni condenar. Puedo reconocer ante usted que antes he estado algo exagerado: esa pobre madame Henriette no es ciertamente ninguna heroína, ni siquiera un espíritu aventurero, y menos aún una *grande amoreuse.* Yo la tengo por una mujer corriente, débil, que me merece cierto respeto porque ha tenido valor para obrar según su voluntad, pero que me inspira todavía mayor lástima, porque, seguramente mañana, si no hoy, será profundamente desgraciada. Quizá haya obrado estúpidamente, locamente, pero nunca de una manera ruin y vulgar, y lo mismo ahora que antes discutiré con todos el derecho a menospreciar a esa pobre desgraciada.

—¿Y siente usted todavía por ella el mismo respeto y la misma consideración? ¿No establece usted ninguna diferencia entre la respetable dama con la cual conversaba usted anteayer y esa otra que se fugó ayer con un desconocido?

—Absolutamente ninguna diferencia; ni la más insignificante.

—*Is that so?*[2]

Involuntariamente se expresó en inglés: parecía que toda la conversación le interesaba singularmente. Tras un breve momento, durante el cual se mantuvo pensativa, fijó en mí su clara mirada para preguntarme aún:

—Y si usted encontrase mañana a madame Henriette en Niza, por ejemplo, del brazo de ese joven, ¿la saludaría usted?

—Naturalmente.

—¿Y hablaría con ella?

—Naturalmente.

—¿Y si usted estuviera..., si estuviera usted casado, ¿presentaría una mujer así a su esposa, como si nada hubiese ocurrido?

—Naturalmente.

—*Would you really?*[3] —preguntó de nuevo en inglés, con una expresión de escéptico y maravillado estupor.

---

2. ¿Es así?

3. ¿Lo haría usted realmente?

—*Surely I would*[4] —contesté hablando también, sin darme cuenta, en inglés.

Mistress C. se calló. Parecía como si se esforzase en fijar su pensamiento; de súbito, mirándome como asombrada de su propio coraje, exclamó:

—*I don't know, if I would. Perhaps I might do it also.*[5]

Y, dando fin a la conversación de una manera definitiva, aunque sin grosera brusquedad, con ese aplomo, difícil de describir, que sólo es propio de los ingleses, se levantó y me ofreció amablemente la mano. Gracias a su influencia volvía a reinar la paz; todos le agradecimos interiormente que, sintiéndonos aún enemigos, pudiéramos saludarnos unos a otros con relativa cortesía y que la atmósfera peligrosamente cargada se despejase de nuevo con unas cuantas vulgares ocurrencias.

***

Aunque nuestra discusión parecía haber terminado de una manera cortés, subsistió desde entonces entre mis adversarios y yo una ligera hostilidad. El matrimonio alemán se mantuvo reservado; el italiano, en cambio, se complacía en preguntarme, los días siguientes, con irónica insistencia, si había tenido noticias de la *cara signora Henrietta*. Pese a la corrección de nuestro trato común, algo de aquella cordialidad leal y amable que presidiera antes nuestra mesa había desaparecido para siempre.

La irónica frialdad que mostraban mis contrincantes se hacía aún más sensible debido a la especial cordialidad que me demostró Mrs. C. desde aquella discusión. Si antes se encerraba en una extrema reserva, no sintiéndose apenas dispuesta a conversar

4. Ciertamente que lo haría.

5. Yo no sé si podría. Quizá lo hiciese también.

con los compañeros de mesa, excepto a la hora de la comida, ahora aprovechaba cualquier coyuntura para hablarme en el jardín, y aun cabría decir para distinguirme con su trato, ya que sus maneras nobles y reservadas hacían aparecer toda relación con ella como un favor especial. Francamente he de confesar que la dama buscaba mi compañía, que no perdía ocasión de hablar conmigo, haciéndolo de una manera tan ostensible que, de no haberse tratado de una anciana de blanco cabello, me hubiera hecho concebir extraños y vanidosos pensamientos. Cada vez que charlábamos, la conversación tenía siempre invariablemente el mismo punto de partida: madame Henriette. Parecía experimentar una secreta satisfacción culpando de infiel y de falta de energía moral a la que había olvidado sus deberes. Pero, al mismo tiempo, parecía gozarse también en la inalterabilidad de mi simpatía hacia aquella tierna y delicada mujer y en que nada me decidiese a volverme atrás en mis opiniones. Como nuestras conversaciones derivaban siempre hacia el mismo tema, acabé no sabiendo qué pensar de tan extraña obsesión en que parecía asomar una punta de pesadumbre.

La cosa duró unos cinco o seis días, sin que la señora revelase con una sola palabra el motivo por el cual aquel tema revestía para ella cierta importancia. Pero que era así, se evidenció por completo cuando, ocasionalmente, durante un paseo, dije que mi estancia en la playa había llegado a su término y que iba a partir dentro de un par de días. Entonces su rostro, de ordinario impasible, se contrajo súbitamente y de manera singular; por sus ojos, de un gris marino, cruzó la sombra de una nube.

—¡Qué lástima! ¡Yo que deseaba hablarle de tantas cosas!

Y, luego de haberse expresado así, cierta inquietud y desasosiego me hicieron adivinar que mientras hablaba estuvo pensando en otra cosa que le preocupaba hondamente y la llevaba a ensimismarse. Finalmente pareció como si esa actitud la molestase a ella misma, por cuanto, de súbito, en medio del silencio que se había producido, me ofreció su mano.

—Veo que no puedo hablarle claramente de lo que deseaba. Prefiero escribirle.

Y andando más rápidamente que de costumbre se dirigió hacia la casa.

Efectivamente, aquella noche, antes de la cena, encontré en mi cuarto una carta suya, escrita con trazos enérgicos y claros. Por desgracia, he sido un hombre bastante distraído por lo que respecta a la conservación de documentos coleccionados en mis años mozos, y no me es dable, por tanto, reproducir textualmente el original; me limitaré, pues, a dejar indicado aquí el contenido más o menos aproximado de su pregunta respecto a si podría contarme algo de su vida. El episodio —escribía— databa de tan antiguo, que, ciertamente, apenas lo consideraba como perteneciente a su vida actual, y el hecho de que yo debiera partir dentro de dos días hacíale más fácil hablarme de algo que de veinte años acá la preocupaba y torturaba vivamente. En el caso de que no considerase importuna tal confidenda, rogábame le concediese una entrevista de una hora.

Esta carta, de la que no menciono aquí más que el contenido estricto, me interesó sobremanera: su redacción inglesa prestábale un alto grado de claridad y decisión. Sin embargo, la respuesta no me resultó nada fácil y, antes de encontrar una que me satisficiese, tuve que romper tres borradores. Al fin quedó concebida así:

«Es para mí un gran honor que me otorgue usted tanta confianza, y la prometo corresponder a ella caballerosamente en el caso de que así me lo exija. Naturalmente, no debo pedirle que me cuente más de lo que usted desea. Pero lo que me diga, dígamelo totalmente y con estricta sinceridad, no sólo por mí, sino también por usted misma. Le ruego crea que su confianza la considero como un honor especial».

Mi billete llegó a su cuarto por la noche; a la mañana siguiente encontré la respuesta.

«Tiene usted perfecta razón: la verdad a medias no tiene ningún valor; sólo la tiene la que se expone íntegramente. Me esforzaré cuanto sea necesario para no disimular nada ni ante usted ni ante mí misma. Venga después de la cena a mi habitación; a mis sesenta y siete años, estoy a cubierto de toda maledicencia. Hablar en el jardín o en la proximidad de otras personas, no me es posible. Puede usted creer de veras que el decidirme a ello no ha sido para mí nada fácil».

Durante el día nos encontramos aún a la mesa y charlamos de cosas indiferentes. En el jardín, en cambio, evitó cruzarse conmigo, visiblemente turbada; hízome un efecto a un tiempo penoso y conmovedor observar cómo aquella anciana señora de pelo blanco huía de mí por una avenida de pinos, atemorizada como una muchacha.

Por la noche, a la hora convenida, llamé a la puerta de su cuarto, la cual fue abierta inmediatamente. La habitación aparecía iluminada por una luz muy tenue; sólo la pequeña lámpara para la lectura, colocada sobre la mesa, proyectaba un cono de luz amarillenta entre la obscuridad crepuscular del aposento. Mistress C. se me apareció sin mostrar el menor embarazo, ofrecióme un sillón y se sentó enfrente de mí. Fácilmente pude advertir que cada uno de sus movimientos había sido cuidadosamente preparado, pese a lo cual hízose una pausa, visiblemente contra su voluntad; una pausa de solución difícil y que fue prolongándose por momentos, sin que yo me atreviese a cortarla con una palabra, consciente de que en aquellos instantes una poderosa voluntad sostenía una lucha violenta contra una fuerte resistencia. Del salón llegaban, de vez en cuando, muy apagados, los truncados acordes de un vals. Yo escuchaba atento, como deseando quitarle a aquel silencio algo de su molesta opresión. Pareciendo darse cuenta, ella también, de lo penoso de aquella pausa excesivamente prolongada, hizo al final un gesto decisivo y empezó:

—Sólo la primera palabra es difícil. Desde hace doce días, me estoy preparando para ser clara y franca en absoluto; espero que lo conseguiré. De momento, quizá no acierte a explicarse que yo le cuente a usted, a un extraño, todas esas cosas; pero es que no pasa un día ni apenas una hora sin que deje de pensar en aquel hecho; puede usted creer a esta mujer de edad avanzada cuando afirma que no hay cosa más insoportable que pasar toda una vida obsesionada por un solo punto, por un solo día de su existencia. Porque todo lo que voy a contarle, abarca solamente un espacio de veinticuatro horas en una vida de sesenta y siete años, y con frecuencia me he dicho a mí misma, hasta volverme loca, cuán poca importancia tiene, dentro de una larga existencia, el haber obrado mal en una sola ocasión. Pero no podemos librarnos de eso que llamamos, con expresión bastante vaga, «conciencia»; con todo, si no hubiese podido sospechar que un día oiría hablar a usted de madame Henriette, quizá hubiera puesto fin a ese incesante cavilar, a esa constante denigración de mí misma, y me habría decidido de una vez a hablar libremente ante alguien acerca de aquel día único en mi vida. Si en vez de pertenecer a la religión anglicana hubiese estado adherida a la religión católica, entonces se me hubiera ofrecido a tiempo la oportunidad de la confesión; pero como ese consuelo nos está vedado a nosotros, voy a hacer hoy este ensayo singular: hablarme a mí misma sinceramente al propio tiempo que le hablo a usted. Comprendo que todo esto es muy extraño, pero usted aceptó sin vacilar mi proposición y le estoy por ello muy agradecida.

Pues bien: ya lo he dicho que únicamente deseaba hablarle de un solo día de mi vida; el resto de ella me parece desprovisto de importancia y sin interés para nadie. Lo que viví hasta los cuarenta y dos años no se sale de lo común. Mis padres eran unos ricos *landlords*[6] de Escocia; poseíamos grandes fábricas y alquerías, y, según la costumbre de la nobleza, vivíamos la mayor parte del año en nuestras haciendas, pasando la *season* en Londres. A los dieciocho años, conocí en un salón a mi marido; era el hijo segundo de la conocida familia de R... y había prestado servicio durante diez años en la India. Nos casamos en seguida y llevamos la vida, exenta de preocupaciones, propia de nuestra clase: tres meses en Londres, otros tres en nuestras propiedades, y el resto del tiempo viajando por Italia, España y Francia. Nunca la más leve sombra enturbió nuestro matrimonio. Los dos hijos que tuvimos, son ya adultos. Cuando llegué a los cuarenta anos, murió inesperadamente mi esposo. Había contraído en el ejército una enfermedad del hígado, y al cabo de dos semanas de angustias horribles le perdí. El mayor de mis hijos servía entonces en el ejército, el menor estaba aún en el colegio; así es que me quedé completamente sola, siendo esa soledad, para mí, acostumbrada a la tierna compañía de mi esposo, un tormento insoportable. Vivir aún un día más en la casa donde todo me recordaba la trágica pérdida del ser querido, lo juzgaba imposible; me decidí, pues, a viajar intensamente durante los años siguientes, mientras mis hijos permaneciesen solteros.

En el fondo, mi vida me pareció desde entonces absolutamente insensata e inútil. El hombre con quien durante veintitrés años compartiera todos los instantes y todos los pensamientos, había muerto; mis hijos no me necesitaban y yo temí, además,

6. Terratenientes.

amargar su juventud con mi pesimismo y melancolía. Para mí misma no quería ni deseaba ya nada.

Primeramente me fui a París y allí, para matar el tedio, me dediqué a visitar establecimientos y museos; pero la ciudad y las cosas se me hacían algo extrañas. Hui de la sociedad porque no podía soportar las miradas compasivas que cortésmente se me dirigían al verme tan enlutada. No sabría decirle cómo pase aquellos meses de vagabundeo; únicamente sé que no tenía otro deseo que morir, pero me faltaron las fuerzas para acelerar tan doloroso anhelo.

A los dos años de luto, o sea a los cuarenta y dos de mi vida, hallándome en aquel estado de extrema atonía, fui a parar a Montecarlo, huyendo de una existencia falta de objetivo a la que no había sabido sobreponerme.

Hablando con sinceridad, he de decir que eso se debió al tedio, al afán de ahuyentar aquel penoso vacío de mi corazón, el cual no puede nutrirse sino con pequeños estímulos del mundo exterior. Cuanto mayor era mi atonía, más intenso era en mí el deseo de hallarme allí donde la vida se agita más febrilmente. Para quien se siente desasido de todo, la apasionada inquietud de los otros produce una sacudida en los nervios, como el teatro o la música.

Por eso también fui al casino varias veces. Me complacía observar la fluctuación inquieta de la alegría o la consternación en los rostros de los demás, mientras mi interior no era sino un espantoso desierto. Además, mi marido, sin pecar dé frívolo, gustaba de frecuentar, de vez en cuando, las salas de juego, y a mí me complacía revivir fielmente, con una especie de piedad maquinal, todas sus costumbres de antaño. Fue allí también donde empezaron aquellas veinticuatro horas que fueron más excitantes que cualquier juego y que turbaron por muchos años mi existencia.

Yo había almorzado con la duquesa de M., pariente de mi familia. Por la noche, después de la cena, no sintiéndome aún lo bastante fatigada para irme a la cama, penetré en la sala de juego, y, aunque no jugase, iba lentamente de una mesa a otra, observando de una manera especial al grupo de jugadores allí reunidos. Digo de una manera especial, refiriéndome a lo que me había enseñado mi marido un día en que me quejé de lo aburrido que resultaba contemplar siempre las mismas caras: mujeres viejas y entecas que permanecían atemorizadas horas y horas antes de atreverse a aventurar una ficha, astutos profesionales, *cocottes*, toda esa turbia sociedad que, como usted sabe, resulta menos pintoresca y romántica que lo que se da en pintar en las malas novelas, en las cuales aparece como la *fleur d'élégance* y como la aristocracia de Europa. Además, el casino era, hace veinte años, mucho más atrayente que lo es hoy. En aquella época circulaba el dinero de una manera tangible y verdaderamente desaforada, y los arrugados billetes, los dorados napoleones, las arrogantes monedas de cinco francos se amontonaban y corrían en remolinos por las mesas, como un vértigo loco. Hoy, en cambio, un público burgués de agencia de viajes Cook desgasta aburridamente las fichas, sin carácter, del juego a la moderna. Sin embargo, tampoco entonces encontraba el menor interés en la uniformidad de aquellas caras extrañas, hasta que un día mi marido, cuya pasión secreta era la quiromancia, la expresión de las manos, me enseñó un modo especial de mirar, que era realmente más interesante y que impresionaba y excitaba bastante más que el soporífero mariposeo alrededor de las mesas: consistía en no mirar nunca a los rostros, sino únicamente al cuadrilátero de la mesa y sobre todo las manos de los jugadores y su manera particular de moverse. Ignoro si usted habrá fijado alguna vez por casualidad su atención exclusivamente en el tapete verde, en el centro del cual la bolita vacila como un beodo, de un número a otro, y dentro de cuyo cuadrilátero, dividido en secciones, llueven, a modo de maná, arrugados pedazos de papel, redondas piezas de oro o plata, que luego la raqueta del crupier, a semejanza de una fina guadaña, siega y arrastra hacia sí o empuja como una gavilla hacia el ganador. Observándolo desde esa especial perspectiva, lo único que varía son las manos, la multitud de manos claras, nerviosas y siempre en actitud de espera en torno al tapete verde, todas asomando por la caverna de su respectiva manga, cada una de forma y color diferentes, algunas desnudas, otras adornadas con anillos y pulseras tintineantes, muchas velludas como animales salvajes, muchas otras húmedas y retorcidas como anguilas, y todas, empero, crispadas y trémulas por una enorme impaciencia. Involuntariamente pensaba siempre en la pista de las carreras en el momento en que, en la línea de salida, hay que contener con fuerza a los excitados caballos para que no se lancen antes de tiempo. Exactamente así temblaban y se agitaban las manos. Todo puede adivinarse en esas manos, en su manera de esperar, de coger, de contraerse: al codicioso se le reconoce por su mano parecida a una garra; al pródigo, por su mano blanda y floja; al calculador, por su muñeca firme; al desesperado, por la mano temblorosa; cientos de temperamentos se descubren con la rapidez del rayo, ya en el modo de tomar el dinero, ya si lo estruja o lo agita nerviosamente, ya si, abatido y con mano fatigada, hace indiferente una apuesta en el tapete verde. Que el hombre se descubre en el juego es una vulgaridad, ya lo sé; pero yo digo que su mano lo descubre todavía mejor durante el juego. Porque todos o casi todos los jugadores, han aprendido muy pronto a dominar su rostro; todos, del cuello para arriba, llevan la fría máscara de la impasibilidad: vencen las arrugas que se forman en torno de la boca y moderan su excitación apretando constantemente los dientes; se disimulan a sí mismos la visible inquietud, y con los músculos en tensión imprimen a su semblante una afligida indiferencia, que adquiere por momentos una frialdad aristocrática. Pero, por lo mismo que su atención está tensamente concentrada, desean dominar la expresión del semblante, que es la parte más visible de su ser, y olvidan las manos, como olvidan también que hay individuos que las observan y que descubren en ellas todo lo que más arriba intentan disimular los labios sonrientes y las miradas aparentemente tranquilas. Y las manos ponen, impúdicamente, al descubierto su secreto. Porque llega inevitablemente un momento en que esos dedos a duras penas dominados, en apariencia adormecidos, saldrán de su voluntaria indolencia: en el tenso segundo en que la bolita de la ruleta cae en la pequeña casilla y se canta el número ganador; entonces, en ese instante, cada una de aquellas cien o ciento cincuenta manos, dibuja un movimiento involuntario, completamente individual, personal, de primitivo instinto. Y cuando uno aprende y se acostumbra, como yo, debido a la pasión de mi marido, a observar esa muchedumbre de manos, la explosión, siempre variable, siempre diferente, siempre inesperada, del temperamento particular de cada persona, nos causa un efecto más emotivo que el teatro o la música. No me es posible describirle las mil maneras de mover las manos en el juego: las hay como de bestias salvajes, de velludos y curvados dedos, que arrebatan ferozmente el dinero; otras, nerviosas, trémulas, con las uñas pálidas, que apenas se atreven a avanzar; otras, nobles y a un tiempo viles, tímidas y brutales, vivas y a la vez torpes; y otras, vacilantes... Pero cada una actúa de manera diferente, porque expresa un temperamento distinto, a excepción de las manos de los crupieres. Las de estos son máquinas perfectas; al lado de la exaltación viva de las otras, funcionan con una precisión objetiva, siempre atareadas y con absoluta indiferencia, cual si se tratase de las sonoras llaves de un aparato calculador.

Pero estas manos frías actúan aún de una manera que nos sorprende mayormente por el contraste con sus obsesionadas y apasionadas hermanas; diríase que visten uniforme, como policías en medio de las oleadas y de la exaltación de una revuelta popular. Añádase todavía el goce personal que se experimenta a los pocos días, una vez conocidas las costumbres y pasiones de cada una de las manos. Al poco tiempo hice distinciones entre ellas, dividiéndolas, como lo haría con las personas, en simpáticas y antipáticas; las había que me parecían tan asquerosas por su avidez y su torpeza, que de ellas apartaba siempre la mirada como ante una indecencia. Cada mano nueva en la mesa constituía para mí una aventura y un motivo de curiosidad; muy a menudo olvidaba mirar el rostro que, más arriba, asentado en un cuello como una fría máscara, aparecía inmóvil, sobre una camisa de *smoking* o sobre un escote resplandeciente.

Cuando entré aquella noche, pasé de largo ante dos mesas atestadas de jugadores para llegar a una tercera; preparaba ya unas piezas de oro, cuando oí, en medio de aquella pausa tan tensa en que parece vibrar el silencio, aquella pausa que se produce cada vez que la bola, ya mortalmente fatigada, se bambolea entre dos números; oí, digo, frente a mí, un extraño ruido, como el crujido de articulaciones que se rompen. Me quedé estupefacta. En aquel momento vi dos manos —crea que me sobresalté—, la derecha y la izquierda, como nunca había visto; dos manos convulsas que, como animales furiosos, se acometían una a otra, dándose zarpazos y luchando entre sí de tal modo que las articulaciones de los dedos crujían con el ruido seco de una nuez cascada. Eran manos de singular belleza, extraordinariamente largas y estrechas, aunque al mismo tiempo provistas de sólida musculatura, muy blancas, con las uñas pálidas y las puntas de los dedos finamente redondeadas. Yo las hubiese contemplado toda la noche —me sentía maravillada de aquellas manos extraordinarias, únicas—; pero lo que especialmente me impresionó fue aquel frenesí, aquella expresión locamente apasionada y aquella manera de luchar una con otra. En seguida adiviné que me hallaba ante un hombre abrumado que contenía todo su sufrimiento con la punta de los dedos para no dejarse aniquilar por él. Y en aquel instante..., en el instante preciso en que la bolita fue a caer con un ruido seco en la casilla y el crupier cantaba el número..., en aquel segundo, las dos manos se separaron para abatirse aplomadas como dos bestias alcanzadas por un mismo tiro. Se abatieron ambas realmente desfallecidas, inertes, con una plástica expresión de extenuación, de desengaño, como heridas por el rayo, como una existencia que se apaga, y en forma tal, en fin, que no encuentro palabras con que expresarlo. Nunca había visto y nunca más veré unas manos tan elocuentes, en las que cada músculo parecía estar dotado de palabra y en las que el sufrimiento parecía exhalarse de cada poro. Durante un momento, permanecieron ambas sobre la mesa, aplastadas y muertas, como dos medusas echadas al borde de una ribera. Después empezó una, la derecha, a levantarse penosamente sobre la punta de los dedos; temblaba, retrocedía, describía un movimiento de rotación alrededor de sí misma, vacilaba, se retorcía; por último, cogió nerviosamente una ficha que, indecisa, hizo rodar, como una ruedecita, entre el índice y el pulgar. De súbito, arqueándose con un gesto felino, de pantera, lanzó, mejor dicho, escupió la ficha de cien francos en el centro de la casilla negra. En seguida, como obedeciendo a una señal, la excitación se apoderó también de la inactiva mano izquierda, hasta entonces adormecida; esta se levantó, se desperezó, se arrastró lentamente hacia la otra mano que yacía trémula, como fatigada aún de la jugada que acababa de arriesgar, y ambas permanecieron juntas y horrorizadas, mientras daban sobre la mesa suaves golpecitos con los nudillos, como dientes que la fiebre hace castañetear...

No, nunca, nunca había visto yo manos que hablasen con tan viva expresión, que estuviesen poseídas de una excitación, de una tensión tan espasmódica. Todo lo demás de aquel vasto local: el zumbar de las salas, el grito de los crupieres, el ir y venir de unos y otros, e incluso aquella bolita que ahora, echada de su escondrijo, saltaba como una endemoniada dentro de su jaula redonda, bruñida como un parqué..., toda aquella vertiginosa multitud de impresiones relampagueantes y fugaces que influían crudamente sobre los nervios, me parecieron muertas, como petrificadas, al lado de aquellas dos manos trémulas, anhelosas, jadeantes, impacientes, heladas, al lado de aquellas dos manos soberbias ante las que me sentía como hipnotizada.

Al fin no pude más: necesitaba ver el rostro de la persona a quien pertenecían aquellas manos, y, angustiosamente —sí, angustiosamente, porque sentía miedo de ella—, mi mirada subió lentamente desde la manga hacia los estrechos hombros. Y de nuevo me estremecí, por cuanto aquel rostro hablaba el mismo lenguaje desenfrenado, fantásticamente sobreexcitado, que las manos, reflejaba la misma cólera horrorizada en su expresión y la misma delicada y casi femenina belleza. Nunca había visto yo un rostro semejante, tan enajenado de sí mismo y ofreciéndome la oportunidad de contemplarlo a mi antojo; como una máscara, como una estatua desprovista de ojos; porque aquellas pupilas de poseso no se movían un solo segundo ni hacia la derecha ni hacia la izquierda: inmóviles, negras, bajo los párpados abiertos, semejaban inanimadas bolas de vidrio en las cuales se reflejaba el brillo de aquella otra, de color caoba, que locamente rodaba y saltaba entre las casillas de la ruleta. Una vez más lo repito: nunca había visto yo una cara tan interesante y que de tal modo me fascinase. Pertenecía a un joven de unos veinticuatro años; era delgado, fino, bastante alto, y por lo tanto muy expresivo. Exactamente como las manos, aquella cara ofrecía un aspecto no muy viril, sino más bien el de un muchacho apasionado...; pero todo esto no lo observé sino hasta más tarde, pues en aquel momento su rostro se esfumaba por completo bajo una expresión descompuesta por la avidez y la locura. La boca estrecha, anhelosamente abierta, dejaba medio al descubierto los dientes: a la distancia de diez pasos podía vérseles rechinar febrilmente mientras los labios permanecían abiertos e inmóviles. Un rubio y húmedo mechón se le pegaba a la frente, colgando de ella como si fuera a caerse, y las aletas nasales se agitaban con un temblor ininterrumpido, como un movimiento invisible de pequeñas ondas bajo la piel. Y la cabeza toda, tendida hacia adelante, inclinábase cada vez más, sin darse cuenta, en igual dirección, como si fuese a dar contra el remolino de la bolita y a hacerse añicos; entonces me expliqué la rígida presión de las manos: únicamente por aquella presión podía mantenerse en pie, en perfecto equilibrio, aquel cuerpo próximo a desplomarse.

Nunca —lo repito aún de nuevo—, nunca había visto un rostro en el cual se reflejara tan abiertamente, tan impúdicamente, la pasión, el instinto; yo permanecía inmóvil, atraída por la locura de su expresión, tan intensamente como él lo estaba por los movimientos y los saltos de la bolita. A partir de ese momento, no vi ya otra cosa en el salón; todo se me antojó vago, sordo, borroso, obscuro, en comparación con el fuego que emanaba de aquel rostro; habiéndome olvidado de la gente que me rodeaba, observé quizá durante una hora únicamente a aquel hombre y cada uno de sus menores gestos; luego, cuando el crupier hizo avanzar veinte piezas de oro hacia aquellas anhelosas garras, sus ojos despidieron un vivo resplandor, el crispado ovillo de sus manos se deshizo como bajo el efecto de una explosión, y los dedos, trémulos, se separaron saltando. Durante aquel segundo, el rostro apareció iluminado y rejuvenecido, las arrugas desaparecieron, los ojos empezaron a brillar; el cuerpo, rígidamente inclinado, se irguió, ágil, esbelto...; por primera vez se sentó blandamente como jinete en la silla, movido por la alegría del triunfo; los dedos jugaron, pueriles y vanidosos, con las redondas monedas, haciéndolas bailar y sonar una contra otra. Luego, otra vez inquieto, volvió la cabeza y recorrió con la mirada todo el tapete verde, algo así como el hocico olfateador de un sabueso en busca de una pista, para echar, de súbito y con un movimiento brusco, todo el montón de monedas a uno de los cuadros. Inmediatamente empezó de nuevo aquel acecho y aquel estado de sobreexcitación. De nuevo apareció en sus labios aquel temblor brusco, eléctrico; de nuevo se le encogieron las manos, y su rostro de adolescente se trasmudó bajo aquella angustiosa espera; hasta que, de pronto, explosivamente, la tensión se deshizo en desencanto; la faz febrilmente excitada tornóse marchita, lívida y envejecida, los ojos se apagaron como consumidos por el fuego, y todo eso en el espacio de un segundo, en cuanto la bolita fue a caer dentro de un número que no era el esperado. Había perdido; durante unos segundos permaneció inmóvil, con una mirada de estupidez, como si no hubiese comprendido; pero en seguida, al oír el primer grito del crupier, que sonó como un chasquido, sus dedos se adelantaron de nuevo con unas monedas. Mas había perdido ya la seguridad; primeramente colocó las monedas en un cuadro; luego, pensándolo mejor, en otro, y cuando la bolita ya había empezado a rodar, obedeciendo a una repentina inspiración, echó rápidamente y con mano trémula dos billetes más en el cuadro.

Esas bruscas oscilaciones de pérdida y ganancia duraron una hora entera poco más o menos, y durante todo ese tiempo no aparté ni un instante mi mirada de aquel rostro de expresión siempre variable, al que afluían todas las pasiones; mis ojos no perdieron nunca de vista aquellas mágicas manos que con cada uno de sus músculos expresaban plásticamente toda la escala ascendente y descendente de los sentimientos humanos. Nunca en el teatro había yo contemplado con tanto interés la faz de un actor como miraba entonces a aquella sobre la cual, como la luz y las sombras de un paisaje, se reflejaban, en constante desfile, todos los colores y sentimientos. Nunca, en una sala de juego, habíase desvelado mi atención como ante el frenesí de aquel desconocido. Si alguien me hubiese observado entonces, hubiera tomado mi inmovilidad de acero por un caso de hipnosis, y realmente algo tenía de eso mi estado de completo alelamiento. En fin, me era imposible apartar la mirada de aquella serie de gestos, y todo lo demás, todo lo que ocurría en la sala, con las luces, las risas, las personas, las miradas, flotaba a mi alrededor como una humareda amarilla e informe, entre la cual surgía aquel rostro que era una llama entre llamas. No sentía nada, no advertía nada, no notaba que la gente se agolpaba a mi lado, ni vea otras manos que, como tentáculos, se alargaban de pronto para lanzar o coger el dinero; no veía tampoco la bolita saltarina ni oía la voz de los crupieres, y, sin embargo, como en un sueño, subyugada por el espectáculo, percatábame de todo cuanto allí ocurría a través de aquellas manos tan sobremanera excitadas. Para saber si la bolita caía en el rojo o en el negro, si rodaba o se detenía, no necesitaba mirar la ruleta: pérdida o ganancia, esperanza o desilusión, cada una de esas fases pasaba fulminantemente a través de los nervios y gestos de aquella faz surcada por el incesante ondear de la pasión.

Mas vino luego el momento peligroso, un momento que hacía rato estaba temiendo sordamente, que se cernía sobre mis nervios como una tempestad y que de pronto los hizo estallar. De nuevo la bolita, con su suave ruido peculiar, había empezado a rodar; nuevamente volvía a palpitar aquel segundo en que doscientos labios contenían el aliento, hasta que la voz del crupier anunció: «cero», al tiempo que con su raqueta recogía ágilmente de todas partes las sonoras monedas y los arrugados billetes. En aquel instante, las dos encogidas manos hicieron un movimiento singular de espanto, se abalanzaron como para hacer presa en algo inexistente y volvieron a abatirse exangües sobre la mesa, cediendo tan sólo a su peso de gravedad, diríase que muertas de fatiga. Pero luego, de súbito, volvieron a animarse de nuevo, febrilmente se retiraron de la mesa para dirigirse hacia su propio cuerpo, y como gatos salvajes treparon por el tronco, deslizándose por arriba, por abajo, hacia la derecha, hacia la izquierda, palpando nerviosamente todos los bolsillos en busca de alguna moneda de oro olvidada. Mas siempre se retiraban sin resultado y siempre, cada vez más enardecidas, repetían la insensata y vana búsqueda, mientras, volviendo a funcionar de nuevo la ruleta, proseguían los otros su juego, sonaban las monedas, movíanse las sillas y oíase en el salón el zumbido de mil ruidos distintos. Yo temblaba, presa de horror; tan vivamente debía compartir todo lo que veía, que tuve la sensación de que también mis propios dedos se desesperaban buscando, frenéticos, alguna moneda en los bolsillos del arrugado traje. De pronto, el individuo se levantó con gesto rápido; se levantó como se levantaría una persona que se sintiese repentinamente indispuesta y se alejara para no asfixiarse; tras él, la silla se vino al suelo con gran estrépito. Pero, sin darse cuenta de ello, sin prestar atención a los vecinos que, atemorizados y estupefactos, le cedieron el paso, se alejó tambaleándose de la sala, cual si nada viese ante sí.

En este momento me quedé helada, pues adiviné en seguida hacia dónde se dirigía aquel individuo: aquel individuo se dirigía hacia la muerte. Quien de tal modo se levantara, no iba al hotel, ni al bar, ni al lado de su mujer, ni a la estación, ni a otro lugar cualquiera donde haya un hálito de vida, sino que iba a precipitarse directamente al abismo. Hasta el más indiferente hubiera podido adivinar que aquel hombre no tenía ya reservas ni en casa, ni en el banco, ni en ningún otro sitio, y que habiéndose sentado a la mesa del casino con su último dinero, aportando su vida como postrera apuesta de juego, se dirigía ahora hacia cualquier parte, sin duda, pero seguramente fuera de la vida. Desde el comienzo temí, sospeché, que estaba allí en juego algo más importante que la mera pérdida o ganancia; sin embargo, sólo entonces esa certidumbre cruzó por mi conciencia como un negro relámpago, viendo cómo la vida desaparecía de repente en sus ojos y la muerte cubría de palidez aquel rostro hasta entonces rebosante de vida. Involuntariamente —hasta tal punto sentíame compenetrada con el menor de sus gestos— tuve que asirme al borde de la mesa cuando vi que el joven se levantaba de su sitio y se alejaba tambaleándose: el temblor de su cuerpo se había comunicado al mío, como ocurriera antes con la palpitación de sus arterias y la tensión de sus nervios. Me sentí arrebatada. ¡Tenía que seguirle! Y, ajenos a mi voluntad, mis pies echaron a andar. Obraba así inconscientemente, movida por una fuerza superior a mí misma, y, echando corredor adelante, me dirigí a la salida.

El individuo estaba en el guardarropa; el criado le entregó el abrigo. Pero sus brazos ya no le obedecían, y el mismo criado tuvo que prestarle ayuda, como si se tratase de un paralítico. Le vi hurgar maquinalmente en los bolsillos de su chaleco para dar una propina.

Pero los dedos reaparecieron sin haber hallado nada. Entonces pareció como si de pronto se acordase de todo, tartajeó unas palabras y, tal como hiciera al levantarse de la mesa de juego, hizo un brusco movimiento hacia adelante, para descender dando traspiés, como un borracho, la escalinata del casino, seguido por un momento de la sonrisa, primero despreciativa, luego comprensiva, del criado.

Aquellos gestos me inspiraron tanta pena, que me dio vergüenza mirarle. Me eché a un lado, contristada de haber presenciado, como desde el palco de un teatro, la desesperación de un desconocido; con todo, volvió luego a hacer presa en mí aquella inexplicable angustia. Rápidamente pedí mi abrigo y, sin pensar en nada determinado, de una manera completamente mecánica, empujada por el instinto, me hundí en la obscuridad en pos del desconocido.

***

Mistress C. interrumpió por un momento su narración. Hallábase sentada, inmóvil, frente a mí, y con aquella calma y serenidad en ella peculiares, casi sin hacer una pausa, había hablado como únicamente habla quien se ha preparado lenta e íntimamente y ha ordenado con todo cuidado los acontecimientos. Ahora, por primera vez, se detuvo; vaciló un instante y, cortando su relato, se dirigió directamente a mí:

—Le he prometido a usted y me he prometido a mí misma —empezó diciendo con cierta indecisión— contárselo todo con la más estricta sinceridad. Pero he de exigirle un entero crédito a esta sinceridad mía, rogándole no quiera ver en mi conducta motivos secretos de los cuales, caso de existir, probablemente no me avergonzaría, pero que en este caso sería completamente erróneo imaginar. He de subrayar que si corrí tras el infortunado jugador, no lo hice porque me sintiese enamorada poco ni mucho de él. Yo no vi en él sino a un ser humano, y, en efecto, para mí, que era entonces una mujer de cuarenta años, nunca más la mirada de ningún hombre había tenido interés después de la muerte de mi esposo. Eso, para mí, había terminado en absoluto; le digo esto; porque, de otra manera, todo lo que sigue no sería comprendido por usted en toda su horrible realidad. Cierto es que, por otra parte, me sería muy difícil explicar claramente el sentimiento que de manera tan irresistible me impulsó a seguir entonces a, aquel desgraciado; había, en mí, curiosidad, pero, ante todo, un miedo terrible, o, mejor dicho, miedo de algo espantoso que yo, desde los primeros momentos, advertí que iba rondando al joven invisiblemente. Pero ese género de sentimientos no se puede descomponer ni analizar, especialmente porque chocan unos con otros con tanta confusión, de manera tan violenta, tan furiosa, tan espontánea...; verdaderamente no hice nada más que ese gesto instintivo de prestar auxilio, exactamente como cuando sujetamos a la criatura que en una calle va a echarse bajo las ruedas de un automóvil. ¿Puede acaso explicarse que ciertos individuos, que ni siquiera saben nadar; intenten lanzarse desde lo alto de un puente para salvar a alguien que se ahoga? Esos individuos se mueven sencillamente a impulsos de una fuerza mágica; una fuerza los impele antes de que tengan tiempo de darse cuenta de su insensata temeridad; y exactamente así, sin meditarlo, sin una consciente reflexión, seguí yo a aquel desgraciado desde la sala de juego al vestíbulo del casino, y desde el vestíbulo a la terraza.

Estoy segura de que ni usted ni nadie que poseyese la mirada alerta de una persona sensible hubiera podido resistir aquella angustiosa curiosidad, porque no es posible imaginar un aspecto más siniestro que el de aquel joven que apenas contaba veinticinco años y que, cansado como un viejo, tambaleándose como un borracho, con el cuerpo destrozado, se arrastraba pesadamente escaleras abajo, hacia la terraza exterior del casino. Allí se dejó caer en un banco, cual si su cuerpo fuera de plomo. De nuevo, al observar aquel gesto, presentí con espanto que aquel joven se hallaba al término de su vida. En aquella forma no puede desplomarse sino un muerto o un hombre en quien ninguno de sus músculos obedece a la fuerza vital. La cabeza, vuelta hacia un lado, descansaba en el respaldo del banco, los brazos colgaban inertes; a la luz mortecina de los turbios faroles, un transeúnte hubiérale tomado por un cadáver. Y así —no puedo explicar cómo se me apareció esta visión, pero lo cierto es que súbitamente se proyectó allí enfrente, palpablemente, plásticamente, horrible y terriblemente verdadera—; así, como un cadáver, lo vi delante de mí en aquel momento, convencida de que llevaba un revólver en el bolsillo y de que a la mañana siguiente se le encontraría tendido en aquel banco o en otro cualquiera, yerto, inanimado y empapado en sangre. Su manera de caer fue exactamente como la de una piedra arrojada al abismo y que no se detiene hasta haber llegado al fondo. Nunca había visto yo una expresión de vencimiento y desespero manifestada con un gesto tan corporalmente humano.

Y ahora imagínese usted mi situación: me encontraba a diez o veinte pasos del banco donde aquel hombre yacía inmóvil y destrozado, sin saber qué decir: de un lado, movida por el deseo de prestar auxilio y, de otro, por el afán de huir, hijo de la ingénita timidez y de la educación recibida, la cual me prohibía dirigir la palabra a un desconocido en mitad de la calle. Los faroles brillaban débilmente bajo un cielo nublado; sólo de vez en cuando, y aun de prisa, pasaba algún transeúnte, pues era ya medianoche; casi me encontraba sola en el parque con aquel ser que quería suicidarse. Cinco, diez veces había concentrado mis fuerzas, intentando acercarme a él; pero siempre me hizo retroceder una especie de vergüenza, quizá el instintivo presentimiento de que los desesperados arrastran consigo a quienes tratan de socorrerlos. En esas dudas y vacilaciones, me di clara cuenta de lo insensato y ridículo de mi situación. Porque yo no podía ni hablar, ni alejarme, ni abandonarlo, y no sabía qué hacer. Espero que me creerá usted si le digo que quizá por espacio de una hora, una hora infinita, durante la cual millares y millares de pequeñas ondas del mar invisible cortaban el tiempo, me paseé vacilante por la terraza, siempre obsesionada por el espectáculo del total aniquilamiento de un hombre.

Decididamente, no poseía el coraje suficiente para hablar o para obrar, y quizá hubiese pasado toda la noche aguardando aún, o me hubiese finalmente decidido, movida por un prudente egoísmo, a regresar a mi casa; sí, creo que incluso estuve a punto de abandonar aquel hato de miseria en manos de su propia debilidad..., pero una fuerza superior salió al paso de mi indecisión: empezó a llover. Ya durante toda la noche el viento había acumulado sobre el mar gruesas nubes primaverales, preñadas de agua; por los pulmones, por el corazón, podía uno advertir que la atmósfera iba cargándose por momentos. De pronto empezaron a caer gruesas gotas sonoras, a las que siguió una lluvia copiosa que descendía en densas madejas azotadas por el viento. Inmediatamente me cobijé bajo la marquesina de un quiosco, y, aun cuando abrí el paraguas, las ráfagas impetuosas del viento salpicaron de lluvia mi vestido. Hasta en la cara y en las manos sentí el frío polvo que levantaban las gotas al chocar contra el suelo.

Bajo aquel furioso chaparrón, el desgraciado permaneció absolutamente inmóvil en su banco; el recuerdo de esa angustiosa escena me oprime, todavía hoy, la garganta. De todas las canaleras caía el agua a borbotones; de la ciudad llegaba el sordo ruido de los coches, por la derecha, por la izquierda; transeúntes envueltos en sus abrigos cruzaban corriendo; todo cuanto poseía dentro de sí algo de vida huía de la tormenta, buscando dónde refugiarse; por doquiera, así entre los hombres como entre los animales, manifestábase la angustia ante la explosión de los elementos...; sólo aquella piltrafa humana yacía inmóvil en el banco. Ya antes le dije que aquel hombre poseía el mágico poder de exteriorizar plásticamente, con movimientos y gestos, todos sus estados interiores; nada, nada, sin embargo, sobre la tierra, podría expresar de modo tan conmovedor la desesperación, el absoluto abandono de sí mismo, la apariencia de la muerte, como aquella inmovilidad, aquel estado inerte, inanimado, bajo la furiosa lluvia; aquella fatiga demasiado extrema para levantarse y andar los pocos pasos que le separaban de un techo protector, aquella definitiva indiferencia hacia la propia vida. Ningún escultor, ningún pintor, ni Miguel Ángel, ni Dante, me habían hecho sentir nunca tan angustiosamente el gesto de la extrema desesperación, de la extrema miseria de este mundo, como aquel hombre, vivo aún, que se dejaba azotar por los elementos, demasiado abatido, demasiado destrozado para intentar un solo movimiento y guarecerse de ellos.

Estas consideraciones bastaron a decidirme. ¡Ya no podía más! Velozmente crucé la líquida cortina de la lluvia y, llegada al banco, sacudí el chorreante fardo humano.

—¡Venga! —le dije, cogiéndole por un brazo.

Este miembro se mantenía inerte, penosamente levantado. Pareció como si un movimiento fuese a iniciarse en él, pero el desgradado no me entendía.

—¡Venga! —le repetí, sacudiéndole el brazo, esta vez casi iracunda.

Entonces se levantó bruscamente; sin voluntad, bamboleándose.

—¿Qué hace usted? —me preguntó.

No supe qué contestarle, porque yo misma ignoraba dónde ir con él; sólo lejos de allí, lejos del frío chubasco, lejos de aquella postración insensata, suicida, lejos de aquel estado de extrema desesperación. Sin dejarle del brazo, le conduje hacia el quiosco, pensando que allí, bajo la estrecha marquesina, se guarecería por lo menos de la lluvia que azotaba el viento. No sabía nada más, no deseaba tampoco nada más. Sólo me importaba poner a aquel hombre al abrigo de la lluvia: de momento no pensaba en otra cosa.

Y nos encontramos los dos, uno cerca del otro, en el reducido espacio que permanecía seco; detrás de nosotros la puerta cerrada del quiosco, y encima el techo excesivamente pequeño para protegernos por completo de la lluvia pérfida, implacable, que, azotada por furiosas ráfagas de viento, lanzaba torbellinos de frío contra nuestros rostros y mojaba nuestros vestidos. La situación iba haciéndose insoportable. Yo no podía permanecer por más tiempo junto a aquel desconocido empapado de agua, y, por otra parte, no podía abandonarle sin una explicación, después de haberle traído allí. Tenía que hacer algo: me esforcé en meditar la situación y calculé que lo mejor sería acompañarle en un coche a su casa; a la mañana siguiente, ya lo socorrería. Pensando de esa suerte, pregunté a la persona que permanecía a mi lado, inmóvil, mirando fijamente la negra noche:

—¿Dónde vive usted?

—No tengo casa..., llegué de Niza esta misma noche...; no podemos ir a mi casa.

No comprendí en seguida la última frase. Sólo más tarde me di cuenta de que aquel hombre me había tomado por... una *cocotte*; creyó ver en mí una de tantas mujeres que por la noche rondan por el casino, esperando sacar todavía algún dinero de los jugadores afortunados y borrachos. Después de todo, no podía pensar otra cosa; ahora que se lo cuento a usted, comprendo todo lo que tenía de inverosímil y de fantástica mi situación. No podía él pensar de otra manera, ya que el modo de sacarle del banco y de forzarle a venir conmigo no era propio de una señora. Pero esa idea no se me ocurrió entonces. Sólo más tarde, demasiado tarde ya, advertí el tremendo error en que había incurrido respecto de mi persona. De lo contrario, yo no hubiera pronunciado las palabras que siguieron y que no hicieron más que afianzarle en su equivocación. Dije:

—Puede buscarse un cuarto en un hotel. Aquí no puede permanecer. Tiene que ir a cualquier sitio.

Entonces es cuando seguidamente me di cuenta de su lamentable error, porque él, sin mirarme y con cierta expresión irónica, se resistió diciendo:

—No necesito habitación; no necesito nada. No pierdas el tiempo, porque nada sacarás de mí. Te has equivocado; no tengo un céntimo.

Estas frases fueron pronunciadas en un tono tan extraño, con una indiferencia tan conmovedora, y su manera de permanecer en pie, apoyándose soñoliento contra la pared, mojado de pies a cabeza, aniquilado interiormente, me impresionó de tal modo, que no tuve tiempo siquiera para sentirme tontamente ofendida. Lo que sentí desde el primer momento, cuando le vi salir tambaleante de la sala, y lo que sentía ininterrumpidamente durante aquella hora inverosímil, era: que un hombre joven, vigoroso, que alentaba aún, iba hacia la muerte y que yo debía salvarlo. Me acerqué a él y le dije:

—No se preocupe del dinero. ¡Venga! No debe estar aquí un momento más; yo le aposentaré. No se preocupe de nada. ¡Venga conmigo!

Volvió la cabeza; mientras la lluvia resonaba sordamente a nuestro alrededor y los canalones vertían a chorros el agua a nuestros pies, observé cómo, a través de la obscuridad, trataba por primera vez de verme el rostro. También su cuerpo parecía despertar de su letargo.

—Como tú quieras —dijo, cediendo—. A mí todo me es indiferente... Después de todo, ¿por qué no? ¡Vamos!

Abrí el paraguas y él me cogió del brazo. Aquella inesperada confianza me produjo un efecto muy desagradable, y me asusté, me horroricé hasta lo más profundo de mi corazón. Pero no tuve el coraje de prohibírselo; si en aquel instante le hubiera rechazado, se habría hundido en el abismo y todo cuanto yo había logrado hasta entonces hubiera sido inútil. Allí se me ocurrió lo que había de hacer con él. Lo más práctico —pensé rápidamente— era conducirlo a un hotel donde pudiese descansar, y darle dinero para regresar a su casa al día siguiente: no se me ocurrió nada más.

Hice parar un coche que pasaba raudo por delante del casino y subimos a él. Cuando el cochero preguntó a dónde debía conducirnos, no supe de momento qué contestarle. Pero luego, dándome cuenta de que el individuo que estaba junto a mí, calado hasta los huesos, no sería admitido en ningún buen hotel, y no sospechando siquiera, dada mi condición, la existencia de albergues equívocos, grité al cochero:

—¡Llévenos a cualquier pensión!

Indiferentemente, el cochero hizo partir el vehículo. A mi lado, el desconocido guardaba silencio, mientras las ruedas traqueteaban y la lluvia estallaba con furia contra los cristales. Dentro de aquella caja obscura como un féretro, tenía la sensación de acompañar a un cadáver. Intenté imaginar algo, encontrar alguna palabra que mitigase el horror de aquella muda y tenebrosa contigüidad; pero nada se me ocurrió. Unos minutos después, se detuvo el vehículo; bajé yo la primera y pagué al cochero, mientras mi acompañante cerraba la portezuela. Nos hallábamos ante la puerta de un pequeño hotel desconocido; una marquesina de vidrio nos protegía contra la lluvia, que iba cayendo con angustiosa monotonía a través de la noche impenetrable.

Involuntariamente, cediendo a su pesadumbre, mi acompañante se había apoyado contra el muro; su sombrero, sus ropas, empapados en agua y completamente arrugados, chorreaban. Producía el efecto de un náufrago a quien acaban de salvar la vida. Alrededor del reducido espacio que ocupaba su cuerpo, se formó un pequeño charco. Sin embargo, él no hizo el menor gesto para sacudirse la humedad, ni escurrir el sombrero, ni secarse las gotas que le resbalaban por las mejillas. Permanecía en una absoluta pasividad; no puedo explicarle hasta qué punto me impresionaba aquella actitud de anonadamiento.

Mas había que decir algo. Metí la mano en mi bolso.

—Coja estos cien francos —dije—, tome una habitación y regrese mañana a Niza.

Él me miró con estupor.

—Le vi en la sala de juego —añadí, notando su vacilación—. Sé que lo ha perdido usted todo y temí que tratase de hacer un disparate. No es deshonroso aceptar ayuda... ¡Ea, tome!

Pero él rechazó mi mano con una energía que no hubiera sospechado.

—Eres buena —dijo—, pero no gastes tu dinero. A mí ya no hay por qué ayudarme. Que duerma o no esta noche, es indiferente. Mañana todo habrá concluido. No hay por qué ayudarme.

—¡No, usted tiene que aceptar esto! —insistí—. Mañana pensará de otra manera. Ahora entre y acuéstese. A la luz del día las cosas cambian de aspecto.

Pero, casi con violencia, volvió a rechazar mi mano.

—Deja —repitió aún sordamente—; eso es estúpido. Prefiero acabar conmigo allá en la playa que manchar de sangre la habitación de un hotel. Cien francos no son para mí ninguna ayuda, ni mil tampoco. Mañana volvería a la sala de juego y no me iría hasta haberlo perdido todo. ¿Por qué, pues, empezar de nuevo? Ya tengo bastante.

No puede usted imaginarse cómo aquella tenebrosa manera de hablar me oprimía el ánimo; fíjese en la situación: a dos pasos de usted se encuentra un hombre joven, avispado, rebosante de vida, y usted sabe que, de no poner en juego todos los recursos, aquel pedazo de juventud que piensa, habla y alienta, será un cadáver dentro de dos horas. Un impulso colérico, una especie de furia me movió a acabar con aquella insensata resistencia. Le cogí del brazo:

—¡Basta de tonterías! Va usted a subir ahora mismo, tomará un cuarto y mañana por la mañana le vendré a buscar para acompañarle a la estación. Tiene usted que partir de aquí; no estaré tranquila hasta que le vea en el tren. Cuando se es joven no se desprecia la vida sólo por el hecho de haber perdido unos cientos o miles de francos. Eso es una cobardía, un acceso estúpido de histerismo producido por la rabia y la amargura. Mañana, usted me dará la razón.

—¡Mañana! —repitió él con acento todavía más tenebroso e irónico—. ¡Mañana! ¡Si tú supieras dónde estaré mañana! ¡Si yo mismo lo supiese!... Incluso siento ya curiosidad por saberlo. No; ve a tu casa, amiga mía; no te preocupes por mí, no gastes tu dinero.

Pero no pude dejarle. Era ya una obsesión, una furia que me acometía. Violentamente, le cogí la mano y puse en ella unos billetes.

—Tiene que tomar el dinero y subir inmediatamente.

Y diciendo esto, toqué el timbre con energía.

—Ya he llamado; en seguida saldrá el portero; suba usted y acuéstese. Mañana, a las nueve, le aguardaré ante este hotel y le acompañaré a la estación. No se preocupe de nada; yo le facilitaré lo necesario para que pueda llegar a su casa. Pero ahora váyase a descansar y no piense en nada.

En este momento se oyó dar una vuelta a la llave y el portero abrió:

—Ven —díjome él entonces, de súbito, con voz dura, enérgica y amarga. Y como si fuesen de acero, sus crispados dedos aprisionaron mi mano. Me asusté..., me estremecí toda; me quedé paralizada, como herida por el rayo; perdí la conciencia de mí misma. Quise alejarme..., desasirme..., pero no tuve voluntad, y yo..., usted lo comprenderá..., sentía vergüenza de tener que luchar con un desconocido ante el portero que estaba allí aguardando impaciente. Y así... me vi de pronto dentro del hotel; quise hablar, decir algo, pero la voz no me obedecía... Aquellos dedos no soltaban mi mano... Advertí vagamente que subía por una escalera..., oí luego una llave... Y de repente me hallé sola con aquel desconocido en un cuarto extraño de un hotel cuyo nombre ignoro todavía.

***

Mistress C. se interrumpió de nuevo y súbitamente se levantó del sillón. Parecía que la voz iba a quebrársele. Volvió hacia la ventana, miró silenciosamente durante unos minutos por los cristales, o quizá sólo apoyó la frente contra el vidrio frío. No me atreví a mirarla, porque me apenaba observar la emoción de la anciana señora. Permanecí, pues, silencioso, y así aguardé hasta que ella, con pasos quedos, vino a sentarse de nuevo junto a mí.

—Bueno; ya he dicho lo más difícil. Espero que me creerá si le aseguro aún de nuevo por todo lo que es más sagrado, por mi honor, por mis hijos, que hasta aquel instante no había pensado en la posibilidad de una unión con aquel desconocido, y que si caí fue de una manera inconsciente, sin intervención alguna de mi voluntad. Me precipité en aquella situación como por un escotillón en el llano camino de mi existencia.

Prometí decirle a usted y decirme a mí misma toda la verdad; le repito, pues, una vez más, que sólo debido a un exaltado afán de prestar auxilio y no por ningún otro móvil, por ninguna inclinación personal, en fin, sin ninguna segunda intención, sin el menor presentimiento, fui a caer en aquella trágica aventura.

De lo que pasó en la habitación aquella noche ya me permitirá que no le hable; yo misma no he olvidado un solo segundo de aquellas horas ni podré olvidarlo nunca. Porque aquella noche luché con un hombre para salvarle la vida, y esa lucha, lo repito, era de vida o muerte. Vívidamente percibí a través de mis nervios que aquel desconocido, viéndose perdido definitivamente, disponíase, con la avidez y angustia de un condenado a muerte, a buscar aún un postrer auxilio. Se asía a mí como quien ve ya el abismo a sus pies. Y yo concentré todas mis energías para poder salvarle. Horas así no se viven quizá sino una única vez en la vida, y entre millones de personas sólo una se encontrará en circunstancias parecidas. Sin esa horrible casualidad, tampoco yo hubiera sospechado nunca con cuánta avidez, con cuánta desesperación, con cuán desalada furia, un hombre que se sabe perdido se afana todavía en chupar una vez más las rojas gotas de la vida; alejada, hacía veinte años de las fuerzas demoníacas de la existencia, nunca hubiera comprendido cuán magnífica y fantásticamente la naturaleza junta muchas veces el calor y el frío, la muerte y la vida, la alegría y el dolor en unos breves momentos. Y aquella noche estuvo tan llena de lucha y de palabras, de pasión y de cólera, de odio y de lágrimas, de promesas y de embriaguez, que pareció haber durado mil años. Hundidos en el abismo, dando tumbos, el uno deseando locamente la muerte, el otro absolutamente ajeno a lo que había de acontecer, salimos ambos de aquel mortal tumulto transformados con otros sentidos y otros sentimientos.

Pero no quiero hablar de eso; no puedo ni deseo describirlo. Sólo mencionaré aquel inaudito minuto de mi despertar por la mañana. Desperté de un sueño de plomo, de la profundidad de una noche como nunca había conocido. Tardé mucho en abrir los ojos y, cuando lo hice, la primera cosa que vi fue, sobre mi cabeza, un techo que me era desconocido y, después, deslizando la mirada, una estancia odiosa, fea, extraña, en la cual no recordé cómo había penetrado. Al principio, intenté persuadirme de que aquello era todavía un sueño, un sueño más claro y transparente que aquel otro tan denso y confuso de que acababa de salir... Pero por las ventanas entraba la luz del sol, una luz matutina diáfana, inequívocamente real; de la calle llegaba el ruido de los coches y de los tranvías, el rumoreo de la gente; no soñaba, no, sino que estaba del todo despierta. Me incorporé en el lecho, y entonces..., al volver la mirada a un lado..., entonces —nunca podría describir mi terror—, entonces vi, junto a mí, a un hombre desnudo, un hombre extraño, absolutamente desconocido para mí...

No, aquel estado de terror, lo sé, no puede describirse; fue tal la impresión recibida, que me desplomé sin fuerzas. Pero no fue aquella súbita postración tal como la hubiera deseado; al contrario, conservando una perfecta lucidez, lo recordé todo en un instante, y todo me pareció inexplicable. Ante el asco y la vergüenza de encontrarme con un hombre desconocido en un lecho extraño de un hotel sospechoso, no sentí más que un deseo: el de morirme. Recuerdo perfectamente que mi corazón cesó de palpitar, que mi respiración se paralizaba, como si fuera a apagarse mi vida y mi conciencia, esa conciencia lúcida, terriblemente lúcida, que todo lo concibe y nada comprende...

Nunca sabré cuánto tiempo permanecí en aquel estado, helados todos mis miembros; los muertos deben de yacer con análoga rigidez en sus ataúdes. Yo únicamente sé que pedí a Dios que interpusiese cualquier poder celeste para que aquello no fuese real, no fuese verdadero. Pero mis sentidos, hiperagudizados, no me permitían engañarme: oía hablar en el cuarto inmediato; oía correr el agua; afuera, en el corredor, oíanse pisadas, y cada uno de esos ruidos me convencía inexorablemente de que estaba cruelmente despierta.

No puedo saber cuánto tiempo duró aquel momento terrible; tales instantes no pueden medirse con las mismas medidas de nuestra existencia corriente. Pero de pronto me asaltó otro temor: el horrible y obsesionante temor de que aquel desconocido, cuyo nombre ignoraba, se despertase y me hablase. No quedaba más que un recurso: vestirme y huir antes de que se despertara. No ser vista más por él, no cruzar con él ni una palabra más. Partir a tiempo, lejos, lejos, lejos; volver a mi vida, a mi hotel, y, luego, tomar el primer tren y huir de aquella ciudad maldita, de aquel país; no tropezar nunca más con aquel individuo, no verle nunca más, no tener junto a mí ningún testigo, ningún delator, ningún cómplice. Y esa idea me sacó de mi estado de postración; sigilosamente, deslizándome furtivamente como un malhechor, avanzando palmo a palmo (para no hacer ruido), salté de la cama y cogí mis ropas. Me vestí temblando, temerosa de que se despertase..., y pronto estuve lista para partir... Sólo me faltaba el sombrero; este se hallaba al otro lado, a los pies de la cama, y al dirigirme allí de puntillas, entonces..., no pude resistir la tentación: tuve que dirigir una mirada al rostro de aquel desconocido que había venido a interponerse en el camino de mi vida como una piedra caída de lo alto. Quería únicamente dirigirle una simple mirada; pero... ¡qué extraño!, el joven que estaba allí, durmiendo, era realmente desconocido para mí: en el primer momento no supe reconocer el rostro de la noche anterior. Porque los rasgos crispados, tumefactos, tirantes de aquel individuo mortalmente excitado de la víspera, habían desaparecido por completo...; el hombre que allí dormía mostraba una cara diferente, infantil, pueril, radiante de pureza y serenidad. Los labios ayer convulsos y apretados contra los dientes, estaban hoy tiernamente abiertos, casi dibujando una sonrisa; el pelo rubio caía blandamente desordenado sobre la frente tersa, y una suave ondulación comunicaba el tranquilo respirar del pecho al cuerpo en reposo.

Quizá recordará usted que ya anteriormente le dije que nunca había visto todavía en un hombre una expresión de avidez y de pasión tan intensa, tan desmesuradamente execrable como en aquel desconocido de la mesa de juego. Pues también le diré que nunca, ni en los niños de pecho, que, cuando duermen, sonríen muchas veces con una angelical expresión de gozo, nunca había visto una expresión de tan pura serenidad, de sueño verdaderamente venturoso. En aquel rostro adquirían forma exterior, con maravillosa plasticidad, todos los sentimientos; en aquel momento, asistía a un ahuyentamiento paradisíaco de todas las pesadumbres íntimas, a una liberación, a una salvación. Ante aquel sorprendente espectáculo parecióme que, como un manto negro y pesado, se desprendía de mi cuerpo toda la angustia, todo el temor... y dejé de sentirme avergonzada: experimenté una sensación casi de júbilo. Súbitamente, lo que ofrecía de horrible, de inconcebible aquella situación, tuvo para mí un sentido, una razón de ser; me sentí contenta y orgullosa pensando que aquel hombre joven, bello, delicado, que allí dormía sereno y silencioso, como una flor, quizá sin mi abnegada intervención hubiese sido encontrado entre las rocas, con el rostro partido, cubierto de sangre, destrozado, sin vida, con los ojos espantosamente abiertos. Yo lo había salvado. Y ahora —no puedo decirlo de otro modo— contemplaba maternalmente a aquel muchacho dormido, a quien de nuevo —¡con dolor, como a mis propios hijos!— había dado el ser. Y dentro de aquella habitación sucia y maloliente, en aquel hotel repugnante, grasiento y turbio, tuve la impresión —va a parecerle ridículo lo que voy a decir— de que me hallaba en el interior de un templo, bajo los efectos de una emoción beatífica y santa. De los momentos más angustiosos de mi vida nació otro, fraternalmente intenso: el momento más emotivo y más luminoso.

¿Me moví demasiado? ¿Habría hablado sin darme cuenta? No lo sé. El joven abrió de repente los ojos, asombrado; como yo, parecía salir de un inmenso y tenebroso abismo. Retrocedí espantada. Su mirada recorría atentamente aquella habitación extraña; luego descubrió, maravillado, mi presencia. Pero antes de que hablase o hubiese podido recordar, pude yo dominar mi emoción. Había que impedir que dijese una palabra o hiciese alguna confidencia; nada del día anterior o de la pasada noche tenía que reproducirse, comentarse o ser puesto en claro.

—Tengo que marcharme —le dije rápidamente—. Quédese usted aquí y vístase. Hacia las doce me reuniré con usted en la puerta del casino; ya me ocuparé de todo.

Y antes de que pudiese contestar hui, esta vez, para no ver nunca más aquella habitación; hui corriendo, sin volver la cabeza, del hotel cuyo nombre ignoraba, exactamente como ignoraba el de aquel individuo con quien había pasado la noche.

***

Mistress C. hizo una pausa, interrumpiendo por un instante su relato. De su voz había desaparecido toda huella de excitación y sufrimiento; como un vehículo que lucha esforzadamente por escalar una montaña y luego, ya en la cumbre, rueda, fácil y ligero, por la pendiente, así avanzaba, con la palabra libre de toda pesadumbre, su relato:

—Pues bien: fuíme a toda prisa a mi hotel, a través de las calles inundadas de luz; la tempestad había limpiado de neblina el firmamento, como mi alma de todo sentimiento de opresión. No debe usted olvidar que, después de la muerte de mi esposo, había yo renunciado en absoluto a la vida. Mis hijos no podía tenerlos conmigo y mi estimación hacia ellos era incluso muy relativa, y una vida así, sin una finalidad determinada, es una equivocación. Ahora, por primera vez, inesperadamente, se me ofrecía una misión que cumplir; había salvado la vida a un hombre, había evitado su aniquilamiento, apelando a todas mis fuerzas;

sólo un pequeño detalle quedaba ahora por solucionar, pero la tarea tenía que llevarse a cabo a su debido tiempo. Me apresuré, pues, a llegar a mi hotel; la mirada de asombro del portero al verme llegar a las nueve de la mañana resbaló por mi cuerpo; ni la menor sombra de vergüenza ni de disgusto por lo ocurrido oprimía mi corazón; antes bien, experimentaba una sensación de bienestar y exuberancia que hacía circular ardientemente la sangre por mis venas, cual si resurgiese en mí la voluntad de vivir y descubriese de pronto la razón de ser de mi existencia. Ya en mi habitación, me mudé rápidamente de traje; sin darme cuenta (no reparé en ello hasta más tarde), cambié mi ropa de luto por otra de colores vivos. Luego fui al banco en busca de dinero, corrí a la estación para informarme de la salida de los trenes, y, con una decisión que a mí misma me maravillaba, me ocupé en otras diligencias y pormenores. No me quedaba por hacer nada más que ultimar la partida y la salvación definitiva del hombre que el destino había puesto en mi camino.

Finalmente, ahora, en mi nuevo encuentro con él se imponía por mi parte un gran esfuerzo. Porque todo lo que había acontecido el día anterior habíase desenvuelto en la obscuridad, en el fondo de un abismo, al modo de dos piedras que ruedan juntas por un torrente y chocan violentamente una contra otra; apenas nos habíamos hablado cara a cara y no tenía siquiera la seguridad de que aquel desconocido me reconociese. El día anterior todo fue un azar, una embriaguez, un arrebato de locura de dos seres que desvarían; hoy, en cambio, tenía que entregarme a él más abiertamente, presentándole a la cruda luz del día mi persona, mi rostro, como un ser real y viviente.

Pero todo se produjo más fácilmente de lo que imaginaba. Cuando a la hora convenida me dirigí al casino, un joven se levantó rápidamente de un banco y corrió a mi encuentro. Era tan espontáneo, tan infantil, tan feliz en su expresión admirativa como en cada uno de sus elocuentes gestos de la víspera; voló hacia mí mostrando un vivo destello de alegría, de reconocimiento y, al mismo tiempo, de respeto en los ojos, los cuales bajó honestamente al ver los míos confusos ante su presencia. Raramente se observa la gratitud en los hombres; los agradecidos no saben generalmente cómo exteriorizarla, se sienten cohibidos, callan avergonzados y, con frecuencia, deseando ocultar sus sentimientos, se muestran con una extrema torpeza. Pero en aquel hombre a quien Dios había otorgado, según parece, la facultad de exteriorizar todos sus sentimientos de una manera bella, espiritual y plástica, el gesto expresivo de la gratitud irradiaba, como una pasión, de su cuerpo todo. Se inclinó tomándome la mano, y así, devotamente curvada la línea gentil de su busto, se mantuvo unos segundos, depositando un respetuoso beso que apenas me rozó los dedos. Después, ya erguido de nuevo, me preguntó cómo seguía, me miró conmovido, y era tanta la corrección en cada una de sus palabras, que a los pocos minutos el resto de inquietud que en mí subsistía se desvaneció por completo.

Como un reflejo de la limpidez de nuestros sentimientos, la naturaleza brillaba en torno nuestro con su máximo esplendor: el mar, ayer furiosamente agitado, permanecía ahora tan sereno, tan silencioso e iluminado, que cada una de las pulidas y blancas piedras del fondo descubríase a nuestra mirada; el casino, aquella caverna infernal, aparecía con una brillantez morisca bajo el cielo diáfano; y aquel quiosco bajo cuya marquesina nos obligó a cobijarnos la estrepitosa lluvia de la víspera, se había transformado en una tienda de flores, que exhibía sus grandes haces policromos y a cuya venta atendía una muchacha con blusa encarnada.

Invité al joven desconocido a comer conmigo en un pequeño restaurante; allí me contó la historia de su trágica aventura. Fue esta una cabal confirmación de mi primera sospecha, cuando vi sus manos trémulas y crispadas sobre la mesa de juego.

Procedía de una antigua familia noble de la Polonia austríaca; cursaba la carrera diplomática en Viena, y hacía un mes que había pasado el primer examen con éxito extraordinario. Para celebrar ese día, un tío suyo, alto oficial del generalato, que vivía con él, lo llevó a las carreras de caballos. El tío, que era afortunado en el juego, ganó tres veces seguidas y con el dinero ganado fueron a cenar a un restaurante de moda. Al día siguiente, como recompensa por el éxito alcanzado en su primer examen, su padre le envió en un cheque la paga de una de sus mensualidades. Dos días antes, esa suma le hubiera parecido elevada; pero ahora, después de la facilidad de aquella ganancia, la encontró exigua, insignificante. Así, pues, luego de la comida, se dirigió de nuevo a las carreras de caballos, jugó anheloso y apasionado, y quiso la suerte, o quizá su mala suerte, que ganase el triple de la vez anterior. A partir de entonces, la locura del juego se apoderó de él; jugaba en las carreras, en los cafés, en el club, privándole de estudiar y consumiéndole tiempo, nervios y sobre todo dinero. No podía pensar ni dormir tranquilamente, ni siquiera dominarse a sí mismo; una vez, por la noche, al regresar del club a su casa, creyendo haberlo perdido todo, encontró todavía, mientras se desnudaba, un billete olvidado en uno de los bolsillos del chaleco. No se pudo contener; volvió a vestirse y vagó por los cafés hasta que en uno de ellos encontró a algunos jugadores, y allí estuvo jugando hasta la madrugada. En cierta ocasión, su hermana casada le ayudó a pagar sus deudas a los usureros, quienes se mostraban siempre muy propicios a conceder crédito al heredero de una rica familia aristocrática. Durante algún tiempo volvió a sonreírle la suerte; pero después perdió invariablemente todos los días, y cuanto más perdía más febrilmente buscaba el salvador desquite obligado por sus descubiertos y compromisos y sus palabras de honor empeñadas. Tiempo ha que se había jugado su reloj y sus trajes. Finalmente, sobrevino lo inevitable: robó de un armario a una tía suya dos valiosos *boutons* que ella lucía raramente. Uno de ellos lo empeñó por una suma considerable, la cual logró cuadruplicar aquella noche en el juego. Pero, en vez de redimir la joya, continuó jugando y lo perdió todo. A la hora de su partida, el robo no había sido aún descubierto, así es que vendió también el segundo; y obedeciendo a una inspiración repentina, salió para Montecarlo, donde esperaba hallar en la ruleta la soñada fortuna. Aquí había vendido ya su baúl, sus vestidos, su paraguas; no le quedaba más que el revólver, con cuatro proyectiles, y una pequeña cruz incrustada de piedras preciosas, regalo de su madrina, la duquesa de X., de la cual no quería desprenderse. Pero también aquella tarde había vendido esa cruz por cincuenta francos, únicamente para probar por la noche, una vez más, a vida o muerte, el veleidoso capricho de la suerte.

Todo eso me lo contaba con aquella arrebatadora gracia en él peculiar. Yo le escuchaba conmovida, trastornada y con el ánimo oprimido; pero ni un solo momento me asaltó la idea de indignarme ante el hecho de que el hombre que se sentaba a mi lado fuese precisamente un ladrón. Si el día antes alguien me hubiese dicho a mí, una señora sin tacha y que exigía en su trato la máxima seriedad, que iba a sentarme a la mesa en compañía de un joven desconocido, apenas mayor que mis propios hijos y que había robado unas joyas, a ese lo hubiera tomado por un loco. Pero ni un solo momento, durante su relato, experimenté el más leve sentimiento de horror. Hablaba él con tanta naturalidad y con tanta pasión, que su acto, más que un hecho escandaloso, semejaba la descripción de un proceso febril o del curso de una enfermedad. Más aún: para quien, como yo, había obrado la víspera de una manera tan catastróficamente inesperada en una persona de mi rango, la palabra «imposible» había perdido de golpe su sentido. En aquellas dieciséis horas había aprendido más de la realidad que en cuarenta años de vida burguesa.

Sin embargo, algo me atemorizaba en la confesión de aquel joven: me refiero al brillo febril de sus ojos y que, cada vez que contaba su pasión por el juego, hacía contraer vivamente todos los músculos de su rostro. Mientras así se expresaba excitábase de nuevo; con terrible claridad se dibujaba en la plástica expresión de su semblante todo sentimiento de alegría o de amargura. Inconscientemente, sus manos, aquellas admirables manos delgadas y nerviosas, volvieron a transformarse, como en la mesa de juego, en dos animales de presa que se acometen uno a otro o se rehúyen mutuamente; las veía temblar desde la muñeca hasta la punta de los dedos, retorcerse, abatirse una sobre otra con energía, después separarse de golpe y de nuevo juntarse, formando como un ovillo. Y cuando habló del robo de los *boutons* —a pesar mío me estremecí—, entonces aquellas manos, saltando con la rapidez del rayo, dibujaron el gesto del ladrón al apoderarse de un objeto; pude ver perfectamente cómo los dedos, muy abiertos, cogían ávidamente las joyas y las ocultaban prestos en el hueco del puño. Y con un sentimiento de terror indefinible pude reconocer que aquel hombre tenía envenenada por su pasión hasta la última gota de su sangre.

La única cosa que a mí, durante su narración, me atemorizaba era aquella esclava sujeción de su ser joven, inteligente y despreocupado por naturaleza, a una funesta pasión. Creí, por tanto, que mi primer deber era hablar bondadosamente a aquel protegido mío que de improviso se me había presentado, aconsejándole que se alejase inmediatamente de Montecarlo, donde la tentación era más peligrosa, y regresase aquella misma noche a su casa antes de que se notase la desaparición de las joyas y quedase destruido para siempre su porvenir. Le prometí el dinero necesario para el desempeño de las joyas, pero sólo con una condición: la de que partiese aquella misma noche y jurase por su honor no tocar nunca más un naipe ni arriesgar nada a los juegos de azar.

Nunca olvidaré con qué expresión de gratitud, primero humilde y luego gradualmente fogosa, me escuchaba aquel desconocido hundido en el abismo; de qué manera bebía mis palabras cuando prometí ayudarle. De pronto, extendió sobre la mesa ambas manos para estrechar las mías con un gesto inenarrable de adoración y al propio tiempo de solemne promesa. En sus ojos brillantes, aunque algo extraviados, asomaron lágrimas; todo su cuerpo tembló nerviosamente, sacudido por un sentimiento de felicidad. Con frecuencia he intentado describir la capacidad expresiva, única, de sus gestos; pero eso no puedo intentar siquiera describirlo, por cuanto reflejaba una felicidad extática, ultraterrena, como difícilmente puede ofrecérnoslo una faz humana. Esa expresión es sólo comparable a aquella sombra blanca en la cual, al despertar de un sueño, creemos ver el rostro de un ángel que se desvanece.

¿Por qué no confesarlo? No pude resistir aquel gesto. La gratitud nos hace felices porque son raras las ocasiones en que se nos hace visible; toda delicadeza nos produce un efecto saludable, y para mí, naturaleza fría y mesurada, aquella superabundancia de sentimiento significaba algo nuevo, agradable y felicísimo.

Pero no era sólo aquel hombre caído y aplastado, sino también el paisaje lo que, después del temporal de la víspera, se serenaba mágicamente. Cuando salimos del restaurante, el mar, completamente tranquilo, brillaba en toda su magnificencia bajo el vuelo de las gaviotas cuyas fugaces siluetas se destacaban en el azul del cielo. Usted conoce perfectamente la Riviera. Se nos aparece siempre bella, pero monótona; a todas horas ofrece un paisaje de tarjeta postal; indolentemente muestra unos colores cansados, una belleza dormida, perezosa, que, indiferentemente, se deja acariciar por todas las miradas; una belleza casi oriental en su inmutable y suntuosa disposición. Pero a veces, muy raramente, esa belleza, se aviva, fulgura, avanza, por decirlo así, hacia nosotros, imperativa, adornada de colores vivos de encendidos destellos, esparciendo, victoriosa, sobre nosotros, sus policromos encantos, y ande toda su sensualidad. Y un día así, embriagador, es el que siguió al tempestuoso caos de la víspera; las avenidas destacaban su blancura lavada por la lluvia, el cielo era de un azul turquesa y por doquiera resaltaban los arbustos, como antorchas de diversos colores, entre el verdor húmedo y tierno. Diríase que las montañas, llenas de luz, habían avanzado de pronto, bajo el cielo diáfano y esplendente, hacia la pequeña población pulcra y brillante; la mirada podía ver, exteriorizado, lo que la naturaleza ofrece de provocativo y estimulante y lo que inconscientemente nos atrae hacia ella.

—Tomemos un coche —le dije— y demos un paseo, por la *Corniche.*

El joven asintió encantado; por primera vez, desde su llegada, parecía haberse dado cuenta del paisaje. Hasta aquel momento, no había conocido nada más que la viciada atmósfera del casino, con aquel público odioso, desencajado, que se agolpa a las mesas de juego, y el mar gris, embravecido, rugiente, de la pasada noche. Ahora, en cambio, se abría ante nosotros el enorme abanico de la soleada playa y las miradas vagaban hechizadas de lejanía en lejanía. Paseábamos lentamente (no había automóviles en aquella época) por la ruta magnífica, cruzando por delante de muchos chalés y de perspectivas admirables; cien veces, frente a cada casa, a cada villa sombreada por verdeantes pinos, un deseo secreto apuntaba en mi mente: ¡Aquí se podría vivir tranquilo, feliz, lejos del mundo!

¿He sido yo en mi vida alguna vez más dichosa que en aquella hora? No lo sé. A mi lado, en el coche, se sentaba aquel joven, ayer bajo la zarpa de la fatalidad y de la muerte, y ahora gozando maravillado de aquel luminoso espectáculo. Parecía inmensamente más joven. Semejaba un adolescente, una hermosa y delicada criatura juguetona, de ojos risueños y al mismo tiempo impregnados de respeto, y en el cual lo que más me seducía era su espiritual delicadeza; si el coche iba cuesta arriba y se fatigaban los caballos, apeábase entonces ágilmente para empujarlo por detrás. Si le nombraba una flor o le señalaba alguna por el camino, corría a buscármela. A un pequeño sapo que, aterido por la lluvia de la noche anterior, se arrastraba penosamente por la carretera, lo levantó y trasladó con sumo cuidado sobre el verde musgo para que no lo aplastase un coche. Mientras tanto iba contándome muy alegre las cosas más divertidas y graciosas. Creo que aquella risa era como una liberación, y que, de no haber reído, hubiera tenido que saltar, cantar o cometer cualquiera diablura; ¡tanta era la embriaguez de su felicidad!

Momentos después, al hallarnos, en las alturas, frente a una pequeña aldea, se descubrió de pronto muy respetuoso. Me extrañé: ¿a quién saludaría él, desconocido entre desconocidos? Ante mi pregunta se sonrió ligeramente y manifestó, como excusándose, que acabábamos de pasar por delante de una iglesia y que en Polonia, como en todos los países severamente católicos, están acostumbrados desde la infancia a descubrirse al cruzar ante uno de esos edificios. Aquella delicada devoción religiosa me conmovió profundamente; y como al mismo tiempo me acordase de la cruz de la cual me había hablado, le pregunté si era creyente. Y cuando él, con un gesto de vergüenza, asintió modesto, diciendo que esperaba participar de la grada divina, tuve de pronto una idea:

—¡Párese! —le grité al cochero y descendí del coche. El joven me siguió, sorprendido:

—¿Adónde vamos?

Contesté únicamente:

—Venga conmigo.

En su compañía retrocedí hasta la iglesia, que era un pequeño templo de ladrillo. Los muros del interior, pintados de cal, grises, desnudos, reflejaban una claridad difusa; la puerta estaba abierta, proyectando crudamente en la obscuridad un haz de luz amarillenta; las sombras rodeaban el altar sumergido en un brillo azulado, dos velas miraban con sus ojos turbios, a través de la penumbra impregnada de incienso. Entramos; él se quitó el sombrero, introdujo la mano en la pila del agua bendita, se persignó y dobló la rodilla. Apenas se hubo levantado, lo sujeté, diciéndole:

—Prostérnese delante del altar o delante de cualquier imagen que le sea sagrada y haga la promesa de la cual le he hablado antes.

Me miró asombrado, casi horrorizado. Pero, habiendo comprendido rápidamente, se acercó a un altar, hizo la señal de la cruz y se arrodilló obediente.

—Repita las palabras que yo le dictaré —le dije, temblando yo mismo de emoción—, repítalas: «Juro...».

—Juro —repitió él— que jamás volveré a jugar por afán de dinero; que nunca más inmolaré mi vida ni mi honor a la pasión del juego.

Repitió tembloroso esas palabras, que resonaron claramente en el ámbito desierto del templo. Después guardamos silencio, un silencio tan profundo que hasta nosotros llegaba claramente del exterior el murmullo de las hojas de los árboles, agitadas por el viento. De súbito, aquel joven se dejó caer al suelo al modo de un penitente y empezó a pronunciar en polaco rápidas y confusas palabras, movido por un frenesí verdaderamente insólito. Debía de ser una plegaria, una exaltada plegaria en acción de gracias, puesto que a cada momento su agitada confesión le llevaba a inclinar humildemente la cabeza, pronunciando cada vez con mayor exaltación aquellas extrañas palabras y repitiendo incesantemente una de ellas con un fervor indescriptible. Nunca, ni antes ni después, he visto orar de aquel modo a las gentes. Sus manos crispadas arañaban el reclinatorio de madera; todo su cuerpo parecía sacudido por un huracán interior que ora hacíale erguirse presa de loca exaltación, ora abatíale de nuevo contra el suelo. No veía ni oía nada; todo él parecía hallarse en otro mundo, en un purgatorio o en un tránsito de elevación hacia una esfera superior. Al final, se levantó lentamente, persignóse y volvió con esfuerzo la cabeza. Sus rodillas temblaban; su faz estaba muy pálida, como la de un hombre extenuado. Sin embargo, al mirarme, brillaron sus ojos y una sonrisa de pura y sincera devoción iluminó la exaltada expresión de su semblante; se acercó a mí, se inclinó profundamente como acostumbran a hacerlo los rusos, y oprimió mis manos para rozarlas devotamente con sus labios.

—Dios me la ha mandado. Le doy las gracias.

No supe qué decirle. Pero hubiera deseado que, de súbito, el órgano hubiese empezado a sonar triunfalmente, pues comprendí que lo había logrado todo, que había salvado para siempre a aquel joven.

Cuando salimos de la iglesia, nos cegó el raudal de luz de aquel día de mayo; jamás el mundo me había parecido tan bello. Todavía estuvimos paseando dos horas en coche por la pintoresca ruta, sobre la cúspide rica en panoramas, y que a cada recodo nos ofrecía nuevos y encantadores aspectos. Ambos permanecíamos silenciosos. Después de aquel momento de exaltación sentimental, toda palabra nos parecía vana. Y cuando, por casualidad, mi mirada tropezaba con la suya, entonces yo, ruborizada, volvía la cabeza: me emocionaba en demasía el espectáculo de mi propio milagro.

Hacia las cinco de la tarde, regresamos a Montecarlo. Tenía yo una cita con unos parientes, a la que no podía faltar. Además, sentía en lo más íntimo de mi ser la necesidad de una pausa que me aliviase de aquella tensión sentimental tan violentamente provocada. Había en mí demasiada felicidad y se me hacía por tanto necesario calmar aquella sobreexcitación que nunca hasta entonces había conocido en mi vida. Rogué, pues, a mi acompañante que subiese conmigo a mi habitación del hotel; y allí puse en sus manos el dinero para el viaje y para el rescate de las joyas. Quedamos en que él compraría el billete mientras yo hacía la consabida visita a mis parientes; después, por la noche, nos encontraríamos en el vestíbulo de la estación media hora antes de la partida del tren de Génova, que lo conduciría a su casa.

Mas, en el momento de entregarle los cinco billetes, sus labios se pusieron intensamente pálidos:

—No... —exclamó entre dientes, temblándole las manos—. No, no..., dinero no..., no quiero, no puedo verlo —repitió de nuevo, poseído de un vivo sentimiento de angustia o de repugnancia. Pero yo acallé sus escrúpulos diciéndole que no se trataba más que de un préstamo y que, si bien le parecía, podía firmarme un recibo.

—Sí, sí..., un recibo —murmuró, volviendo la vista a un lado mientras tomaba los billetes, que arrugó como algo despreciable. Luego escribió rápidamente en un papel unas palabras.

Cuando levantó la mirada tenía la frente cubierta de un sudor ardiente; algo que pugnaba por salir al exterior parecía anudarle la garganta, y, luego de haberme entregado aquel papel, bruscamente, con un gran susto por mi parte, se arrodilló y me besó el borde del vestido. Fue un gesto indescriptible. Yo temblaba violentamente. Un extraño terror se apoderó de mí, sentíme turbada y sólo pude murmurar:

—Soy sensible a su gratitud. Pero ahora ¡váyase! Por la noche, a las siete, nos despediremos en el vestíbulo de la estación.

Él fijó en mí sus ojos, visiblemente emocionado; por un momento pensé que quería decirme algo, por un instante me figuré que iba a abrazarme. Pero luego, de pronto, se inclinó de nuevo profundamente, muy profundamente, y abandonó la habitación.

***

De nuevo interrumpió Mrs. C. su relato. Se había levantado y, acercándose a la ventana, miró al exterior y permaneció así largo rato. Vuelta de espaldas, en su silueta proyectada sobre la ventana sorprendí un ligero temblor. De pronto, volvióse resueltamente, y sus finas manos, hasta entonces tranquilas, hicieron un gesto enérgico, cual si quisieran romper algo. Luego me miró duramente, casi retadora, y empezó de nuevo, decidida:

—He prometido ser con usted enteramente sincera. Y ahora es cuando comprendo cuán necesaria es esa promesa. Porque sólo ahora, en este instante en que me esfuerzo por primera vez en explicar de un modo ordenado todo el curso de aquellas horas y en hallar las palabras exactas para expresar un sentimiento que en aquellas circunstancias se me apareció confuso y embrollado, sólo ahora es cuando comprendo, por primera vez, con perfecta claridad, lo que entonces no sabía o no quise saber. Por eso quiero decirme a mí misma y decirle a usted toda la verdad de una manera franca y decidida: en aquellos segundos en que el joven abandonó la habitación y me quedé sola, algo como un sordo vahído se apoderó de mí y tuve la sensación de haber recibido en el corazón un rudo golpe: algo me había hecho daño, pero yo no sabía o me resistía a saber por qué motivo la conducta conmovedoramente respetuosa de mi protegido habíame lastimado hasta tal punto.

Pero ahora, al esforzarme con perfecto orden y severidad a inquirir en mí, como en un ser extraño, lo que entonces ocurriera, y al hacerlo en presencia de un testigo que no permite ninguna ocultación, ningún escamoteo furtivo y cobarde de un sentimiento que pudiera avergonzarme, ahora sé claramente que... lo que entonces me lastimó en lo más vivo fue... el desencanto..., el desencanto de que el joven hubiese partido tan fácilmente, sin resistencia alguna..., así, sin el menor intento de permanecer a mi lado; que él, tan humilde y respetuoso, se aviniese a alejarse de mí a la primera invitación... en vez de..., en vez de llevarme consigo...; que me respetase, en fin, como a una santa aparecida en su camino... y no..., no viese ya en mí a la mujer.

Eso fue para mí aquel desencanto, desencanto que no quise confesarme ni entonces ni más tarde; pero el sentimiento de una mujer lo adivina todo sin necesidad de palabras, inconscientemente. Porque... ahora ya no me engaño: si aquel hombre me hubiera abrazado y me hubiese pedido que le siguiera hasta el fin del mundo, no habría vacilado en deshonrar mi nombre y el de mis hijos; hubiera partido con él, indiferente a todas mis amistades y a todas las conveniencias sociales...; hubiera partido con él, como acaba de hacerlo madame Henriette con el joven francés a quien, el día antes, no conocía aún..., y no hubiera preguntado hacia dónde ni por cuánto tiempo, ni hubiera dirigido una sola mirada hacia mi pasada existencia...; y mi fortuna, mi honor, mi reputación, todo lo hubiera sacrificado por aquel hombre..., incluso me habría prestado a pedir limosna y probablemente no existe bajeza en el mundo que no hubiera cometido por él. Todo lo que llamamos pudor o respetabilidad entre los hombres, lo hubiera arrojado lejos de mí si él, sólo con una palabra, con un gesto, hubiese intentado llevárseme... ¡tan seducida me sentía por él en aquellos instantes! Mas..., como dije antes..., el extraño joven no vio en mí la mujer..., mientras yo ardía por él con loca intensidad. Esto lo reconocí por primera vez en cuanto me hallé sola, cuando la pasión que hiciera brotar en mí su faz iluminada, su rostro de serafín, se abatió obscuramente en el vacío, haciendo latir en la soledad un pecho abandonado.

Poco después, haciendo un gran esfuerzo, me levanté para acudir a la reunión de mis parientes. Pareció como si hubiesen echado un plúmbeo manto sobre mis hombros y temblase bajo su peso. Mis ideas vacilaban como mis pasos, cuando, por fin, decidí marchar al otro hotel donde se encontraban mis amigos. Dominada por la tristeza, permanecí sentada en medio de la animada charla de todos, y cada vez que por casualidad levantaba la mirada y veía sus rígidos rostros, que, comparados con el del muchacho, siempre cambiante y móvil como el juego de las nubes, hacíanme el efecto de máscaras de hielo, sentía un nuevo estremecimiento. Me figuraba estar sentada entre cadáveres dotados de palabra —¡tan gris e inanimada era aquella reunión!—; y mientras conversaba o echaba azúcar en mi taza, veía siempre aquel rostro que tanto me apasionaba contemplar y que... —¡me horrorizaba el pensarlo!— iba a ver por última vez dentro de dos horas. Sin duda, inadvertidamente, debí de exhalar un leve suspiro o algún gemido, porque de pronto vi inclinarse hacia mí a la prima de mi marido, que me preguntó si me sentía mal, puesto que me encontraba pálida y abatida. Esta pregunta inesperada me brindó un motivo para excusarme y abandonarles; sentía, en efecto, una fuerte jaqueca y pude ausentarme de allí sin extrañeza de nadie.

Corrí inmediatamente a mi hotel. Luego que hube llegado, experimenté de nuevo la impresión de soledad, de abandono, y me acometió el ardiente deseo de volar hacia aquel joven que dentro de pocas horas iba a abandonarme para siempre. Paseé arriba y abajo de mi cuarto, abrí el armario, me cambié de vestido, y, colocada ante el espejo, me contemplé ilusionada con la esperanza de que, de tal modo compuesta, lograría atraer quizá las miradas del joven. Y de súbito me comprendí a mí misma: ¡hacerlo todo para no dejarle partir! Esa resolución fue tomada en un violento segundo. Bajé a la portería para avisar que partía aquel mismo día en el tren de la noche. Ahora sólo una cosa era necesaria: darse prisa; llamé a la sirvienta para que me ayudara a arreglar mis cosas; el tiempo apremiaba. Y mientras ambas rivalizábamos para damos prisa, colocando en los baúles los vestidos y otros objetos de uso, iba imaginando con hondo entusiasmo la próxima escena: le acompañaría al tren y después, en el último momento, el último de todos, cuando extendiese la mano para despedirse, de súbito, yo, con gran sorpresa suya, subiría al coche y pasaría con él aquella noche y también las siguientes..., todas las que él quisiese, todo el tiempo que se le antojase. La sangre bullía deliciosamente en mis venas; a veces me reía, con gran asombro de la muchacha. Yo misma me daba perfecta cuenta de que mis sentidos estaban en completo desorden. Cuando llegó el mozo para recoger mi equipaje, me quedé mirándolc extrañada, me era difícil pensar en la realidad mientras mi espíritu era presa de una intensa emoción.

El tiempo volaba, eran cerca de las siete. Hubiera sido mejor llegar a la estación veinte minutos antes de la salida del tren... Pero me consolaba pensando que toda aquella prisa no significaba una despedida, puesto que me había decidido a acompañarlo todo el tiempo que él desease.

Mientras el mozo cargaba el equipaje, daba prisas a la caja del hotel para que me entregaran la cuenta. Y a el *manager* me había dado la vuelta y me disponía a salir, cuando sentí que una mano me tocaba suavemente el brazo. Me quedé helada. Era mi prima, que, inquieta por mi fingida indisposición, acudía a verme. Los ojos se me nublaron. No me era posible atenderla, cada segundo de retraso era una pérdida fatal. Sin embargo, la cortesía me obligaba, muy a mi pesar, a cambiar con ella unas palabras.

—Debes acostarte —insistió ella—, tienes fiebre.

Y probablemente la tenía, porque sentí latir mis sienes y con frecuencia veía cruzar por mis ojos aquellas sombras azules, oscilantes, precursoras de un desvanecimiento. Yo me resistí, aparentando estar reconocida a su interés, aun cuando cada una de sus palabras alteraba mis nervios y la hubiera mandado de buena gana a paseo. Pero ella no cejaba en sus exhortaciones y prolongaba su visita; me ofreció agua de Colonia, hube de aceptar que me refrescase las sienes; y yo, mientras tanto, iba contando los minutos, pensaba en él y en el modo cómo podría substraerme a aquella enojosa e intempestiva solicitud. Y cuanta mayor era mi impaciencia, tanto más sospechoso le parecía mi aspecto; quería obligarme casi por la fuerza a subir a mi cuarto y a acostarme. De pronto, mientras me hablaba, vi el reloj del *hall*: faltaban dos minutos para las siete y media, y a las siete y treinta y cinco partía el tren. Entonces, rápida y ásperamente, con la brutal indiferencia de una desesperada, extendía la mano hacia mi prima:

—¡Adiós! ¡Tengo que salir!

Y, sin hacer el menor caso de su asombro, sin volver la cabeza, a través de los criados del hotel que presenciaban extrañados la escena, corrí hacia la puerta, hacia la calle, hacia la estación. Por los gestos expresivos del mozo que me aguardaba con el equipaje pude darme cuenta, de lejos, que el tiempo apremiaba. Con la rapidez del rayo corrí como una loca hacia la entrada del andén, pero el empleado me cerró el paso: me había olvidado del billete. Y mientras, casi con violencia, trataba de convencerle de que me dejase pasar, el tren se puso en movimiento; me quedé inmóvil, temblando de pies a cabeza, y esperando ver asomado en la ventanilla a mi amigo y recoger por lo menos un gesto de despedida, un último adiós. Pero entre tantos empujones y tantos rostros no pude distinguir el suyo. Los coches pasaron cada vez más rápidos y un minuto después no vi sino una nube negra de humo, ante mis ojos sin luz.

Seguramente debí de quedarme allí como una estatua de piedra, Dios sabe cuánto tiempo, pues el mozo, después de hablarme inútilmente varias veces, me tocó el brazo. Experimenté entonces un leve sobresalto. Me preguntaba si el equipaje debía ser llevado nuevamente al hotel. Necesité unos minutos para recobrar mi serenidad; no, no podía volver al hotel después de aquella ridícula y precipitada despedida; dije, pues, al mozo que dejase el equipaje en consigna. Necesitaba estar sola. Únicamente más tarde, entre el incesante ajetreo de la gente que se empujaba y dispersaba de nuevo en el vestíbulo levantando un ruido ensordecedor, intenté meditar, pensar con toda calma, substraerme a aquel arrebato desesperado y doloroso de cólera, de pesar y de abatimiento, pues —¿por qué no confesarlo?— la idea de haber perdido por mi propia culpa la ocasión de un último encuentro me trastornaba sin piedad. Sentía deseos de gritar, ¡tan dolorosamente me punzaba aquel inesperado desenlace! Sólo las personas que han vivido completamente ajenas a la pasión experimentan, al verse presas de ella, esas explosiones repentinas, esas sacudidas huracanadas, como de avalancha; en aquellos instantes, años enteros de fuerzas no utilizadas se agolpan en el propio corazón. Nunca, ni antes ni después, he experimentado un estado tal de sorpresa y de furiosa impotencia como en aquel instante en que, pronta a lanzarme a la más temeraria aventura, dispuesta a acabar de un puntapié con mi pasada vida de orden, de contención, de prudencia, tropezaba de repente con un muro de insensatez, contra el cual mi pasión golpeaba en vano.

Y lo que hice entonces no podía ser sino completamente insensato, completamente estúpido —casi me avergüenza confesarlo, pero me he prometido a mí misma y le he prometido a usted no disimular nada—; entonces yo le busqué de nuevo..., es decir, le busqué de nuevo en mí misma, tratando de revivir todos los momentos que había pasado con él. Como impulsada por una fuerza violenta, quise recorrer todos los sitios donde habíamos estado juntos el día anterior: el banco del jardín del cual le alejé arrastrándole, la sala de juego donde le vi por primera vez, incluso aquella inmunda covacha del hotel desconocido y equívoco; deseaba revivir una vez más las horas pasadas. Al día siguiente, pasearía en coche por la Corniche; siguiendo la misma ruta, a fin de resucitar en mí el recuerdo de cada gesto, de cada palabra...; sí, tan insensato y tan infantil era mi trastorno interior. No olvide, sin embargo, con qué fulminante rapidez se habían precipitado sobre mí aquellos acontecimientos...; yo no había sentido apenas nada más que un rudo golpe. Luego, despertada bruscamente de aquella tumultuosa sucesión de episodios, deseaba, por lo mismo que fueron tan fugaces, revivirlos, gozarlos de nuevo minuciosamente, apelando a esa mágica facultad embriagadora que llamamos recuerdo. En fin, estas son cosas que se comprenden o no se comprenden. Quizá para comprenderlas se necesita un corazón apasionado.

Primeramente fui a la sala de juego para contemplar la mesa donde se hallaba sentado y, una vez allí, imaginarme de nuevo sus manos entre las otras. Entré: la mesa era la de la izquierda, en el segundo salón. Me parecía estar viendo aún todos sus gestos: como una somnámbula, con los ojos cerrados y las manos extendidas hubiera encontrado el sitio donde se sentaba. Bien, penetré en el salón. Y entonces..., cuando desde la puerta dirigí la mirada hacia el confuso grupo de personas..., me ocurrió algo singular: allí, precisamente en el lugar donde yo me lo imaginaba, estaba... —¡alucinación de la fiebre!— estaba él..., él..., exactamente como el día anterior, con los ojos fijos en la bolita, pálido como un fantasma...; pero era él..., él..., indudablemente él.

Me sobresalté de tal modo, que estuve a punto de gritar. Pero logré dominarme ante aquella visión absurda y cerré los ojos.

—Estás loca..., desvarías..., sufres los efectos de la fiebre —me dije a mí misma—. No es posible... Hace media hora que ha salido de Montecarlo.

Luego, abrí nuevamente los ojos. Pero, ¡era horrible!, él estaba allí, sentado en una silla; no cabía dudarlo..., hubiera reconocido sus manos entre millones de manos distintas... No, no soñaba, era realmente él. No había partido como me jurara; aquel loco había vuelto allí; el dinero que yo le diera para el viaje y para el rescate de las joyas le había llevado a la mesa de juego y, olvidado de todo, se lo jugaba allí impulsado por su pasión, mientras mi alma lloraba desesperadamente.

Algo me empujó hacia adelante. La ira me nublaba los ojos, una ira roja que me inspiraba locos deseos de coger por el cuello al perjuro que tan cínicamente se burlaba de mi confianza, de mis sentimientos y de mi abandono. Pero pude contenerme aún. Con deliberada calma —¡cuánto tuve que esforzarme!— me acerqué a la mesa, y un señor me ofreció cortésmente su sitio, frente por frente del joven. Dos metros de paño verde nos separaban uno de otro; como sentada en una butaca, en un espectáculo, podía observar fijamente su rostro, aquel mismo rostro que yo, dos horas antes, había visto radiante de gratitud, iluminado por el nimbo de la gracia divina y que ahora, de nuevo, veía consumirse convulsivamente en los fuegos infernales de la pasión. Las manos, las mismas manos que yo vi aquella misma tarde aún, en la iglesia, asiendo violentamente el reclinatorio de madera, pronunciando un sagrado juramento, aparecían ahora nuevamente como dos garras que se retorcían entre los billetes, como dos voluptuosos vampiros. Había ganado, tenía que haber ganado mucho: ante él se levantaba un gran montón de fichas, de luises de oro y de billetes, un confuso hacinamiento de dinero, en el que sus dedos nerviosos, trémulos, se alargaban y bañaban con deleite. Le veía acariciar y doblar los billetes, hacer rodar las monedas, para después, de súbito, en una corazonada, coger un montón de dinero y colocarlo en uno de los colores. Inmediatamente, las aletas de su nariz empezábanle a temblar de nuevo; la voz del crupier hacíale abrir los ojos, que iban ahora, con un brillo de codicia, de la puesta hacia la rumorosa bolita; se hallaba abstraído de sí mismo y con los codos clavados en el tapete verde. Su estado de locura se exteriorizaba aún más vivamente que el día anterior, porque cada uno de sus movimientos mataba en mí aquellos otros que, cual luminosas imágenes sobre un fondo de oro, proyectábanse vívidamente en mi interior.

Nos hallábamos a una distancia de dos metros uno de otro; yo le miraba fijamente, sin que notase mi presencia. Él no me veía ni veía a nadie; su mirada no hacía más que seguir el juego de las apuestas y el loco rodar de la ruleta; en aquel único círculo verde estaban concentrados todos sus sentidos, que husmeaban la suerte como galgos en busca de la presa. El mundo todo, la humanidad entera se reducía, para aquel delirante jugador, a aquella pequeña área cuadrangular del tapete verde. Y yo sabía que iba a permanecer allí horas y horas sin que tuviese el más leve presentimiento de mi presencia.

Pero yo no pude soportar largo tiempo aquella situación. Muy decidida, di la vuelta a la mesa, me coloqué detrás de él y enérgicamente le toqué en el hombro. Su mirada se levantó vacilante; durante un segundo me miró extrañado, con las pupilas vidriosas, sin reconocerme, al modo de un borracho a quien sacudimos penosamente para sacarle de su sopor y cuyos ojos están todavía turbios. Cuando al fin logró reconocerme, su boca se abrió trémula, me miró encantado y murmuró en voz queda, con un aire de secreta intimidad:

—Todo va bien... Lo adiviné en seguida que entré y vi que él estaba aquí... Lo adiviné en seguida...

Yo no le entendía. Solamente vi que estaba loco por el juego, que lo había olvidado todo, su promesa, su compromiso conmigo y con los suyos. Pero aun dentro de su delirio me sedujo involuntariamente de tal modo que acepté de buen grado sus palabras y le pregunté que a quién se refería.

—Me refiero a aquel señor, el viejo conde ruso que no tiene más que un brazo —murmuró muy cerca de mí para que nadie pudiese oír su mágico secreto—. Fíjese: es ese del pelo blanco que tiene detrás a su criado. Gana siempre. Le observé ayer; debe de conocer alguna combinación, y yo sigo siempre su juego... También ayer ganó en todas las jugadas..., solamente que yo cometí la imprudencia de seguir jugando después que él se hubo retirado...; sí, fue una imprudencia... Ayer debió de ganar veinte mil francos... y también hoy ha ganado en todas las jugadas... Yo sigo... siempre su juego... Ahora...

Se interrumpió sin terminar la frase al oír que el crupier lanzaba su penetrante grito de «*Faites vôtre jeu*» e inmediatamente su mirada vagó lejos para detenerse en el sitio donde, sereno y pacífico, se sentaba el ruso de barba blanca que prudentemente colocaba en el cuarto cuadro una moneda de oro y después, vacilante, otra segunda. En seguida las manos nerviosas del joven cogieron varias monedas de oro y las colocaron en el mismo cuadro. Y cuando, un minuto después, el crupier gritó: «¡Cero!» y su raqueta limpió de un solo movimiento toda la mesa, el joven siguió con la mirada, como si presenciase un imposible, el dinero que huía lejos. ¿Cree usted que se volvió hacia mí? Ni remotamente; me había olvidado por completo; se hallaba enajenado de sí mismo, como extraviado en otro mundo; sus sentidos sobreexcitados no se fijaban sino en el viejo general ruso que, con entera indiferencia, tenía en sus manos otras dos monedas de oro, dudando dónde ponerlas.

No puedo describirle la pena y desesperación que sentí entonces. Pero figúrese cuál debía de ser mi estado de ánimo: para aquel hombre a quien hubiera sacrificado toda mi vida, yo no contaba lo más mínimo. Y de nuevo me acometió un acceso de furor.

Violentamente le sujeté el brazo que levantaba en aquel momento:

—¡Levántese en seguida! —le dije al oído, pero imperativamente—. Acuérdese de lo que me prometió esta tarde en la iglesia. ¡Es usted un perjuro, un miserable!

Me miró fijamente, perplejo, muy pálido. Sus ojos adquirieron de pronto la expresión de un perro vapuleado, sus labios temblaban. Pareció acordarse de todo y como que el miedo se apoderase de él.

—Sí, sí... —balhuoeó—. ¡Oh, Dios mío!..., sí..., me acuerdo...; voy en seguida..., perdóneme.

Sus manos recogieron rápidas y vehementes todo el dinero; pero inmediatamente vaciló, se detuvo, cual si una fuerza contraria lo hubiese paralizado. Su mirada se fijó de nuevo en el general ruso, que iba a hacer otra apuesta.

—Un momento... —Y lanzó rápido cinco monedas de oro en la misma casilla—. Solo esta vez..., se lo juro..., voy en seguida con usted...; sólo esta vez y basta...

Y se calló. La bolita había empezado a rodar, arrastrándolo con ella. De nuevo aquel poseso se había olvidado de mí y de sí mismo, entregado en cuerpo y alma al torbellino de la ruleta. De nuevo el crupier cantó el número y de nuevo la raqueta barrió las cinco monedas de oro: había perdido. Pero no se levantó. Me había olvidado, como había olvidado la promesa y hasta la palabra que me diera un minuto antes. Y de nuevo su mano codiciosa se revolvía entre el dinero, y su mirada ebria no seguía otra dirección que la del viejo general ruso que magnetizaba su voluntad y le traía la suerte.

Mi paciencia se había terminado. Le sacudí aún de nuevo, pero esta vez con toda furia:

—¡Levántese inmediatamente, en el acto!... Ha dicho que sólo un juego más.

Ocurrió entonces algo inesperado. Aquel hombre se levantó de pronto, en un arranque, y sus ojos me miraron, no de una manera humilde y cohibida, sino con furia loca y temblándole de ira los labios.

—¡Déjeme en paz! —rugió—. ¡Váyase! Usted me trae la mala suerte. Así ocurrió ayer y así ocurre ahora. ¡Váyase!

Permanecí un momento sin saber qué decir. Pero, ante su loca exaltación, estalló también sin freno mi cólera.

—¿Yo le traigo mala suerte? —le grité—. Embustero, ladrón; usted me había jurado...

Pero no pude terminar la frase, porque aquel loco saltó de su silla y me empujó hacia atrás, indiferente al tumulto que se armaba.

—¡Déjeme en paz! —exclamó a gritos—. ¡No estoy bajo su tutela! Tome..., tome... su dinero... —Y me lanzó un par de billetes de cien francos—. ¡Ahora déjeme en paz!

Estas últimas palabras las había vociferado como un poseso, sin preocuparse de las personas que nos rodeaban. Todos fijaban su mirada en nosotros, se reían cuchicheando y señalándonos con el dedo; de la sala contigua acudieron algunos curiosos. Me sentí como si estuviese desnuda en medio de la sala...

—*Silence, madame, s'il vous plaît* —dijo con voz clara y solemne el crupier, mientras golpeaba en la mesa con la raqueta. ¡Aquello iba dirigido a mí; la reconvención del miserable empleado iba contra mí! Indignada, roja de vergüenza, me encontraba entre el cuchicheo de los curiosos como una prostituta a la que se arroja el dinero. Cien, doscientos ojos impúdicos se clavaban en mí; y precisamente en aquel momento..., cuando desviaba la mirada para no ser aquel cúmulo de bajeza y desvergüenza, mis ojos tropezaron con otros llenos de sorpresa... Eran los de mi prima que me miraba estupefacta, con la boca abierta y levantada la mano con expresión de terror.

Una intensa sacudida conmovió todo mi ser. Antes que ella diese un paso y hubiese vencido su sorpresa, salí corriendo de la sala y fui a parar precisamente al banco, al mismo banco, en el que la noche anterior habíase desplomado aquel joven. Lo mismo que él, sin fuerzas, extenuada, me dejé caer en el duro asiento.

De entonces acá han transcurrido veinticuatro años y, sin embargo, se me hiela la sangre en las venas al recordar ahora cómo fui humillada, destrozada por su burla y desprecio ante centenares de personas extrañas. Y siento dentro de mí, horrorizada, cuán débil, miserable, debe de ser esa especie de substancia que vanidosamente llamamos alma, espíritu, sentimiento, lo que llamamos dolor, cuando todo eso, aun manifestándose en un grado extremo, no logra destruir el cuerpo lacerado..., cuando se sobrevive a horas así, en vez de morir, de aniquilarse, como un árbol partido por el rayo. Sólo por un breve momento el dolor me atenaceó los miembros, cuando caí pesadamente sobre el banco, perdida la respiración y sintiendo un voluptuoso desfallecimiento precursor de la muerte. Me repuse en seguida, pensando que todo dolor es cobarde, puesto que retrocede ante el poderoso imperativo de la vida que parece adherirse a nuestra carne más intensamente que todo dolor mortal lo está a nuestro espíritu. Maquinalmente fui recobrando mis fuerzas; pero me levanté de allí sin saber qué hacer. De pronto recordé que mi equipaje estaba en la estación y entonces me asaltó la idea de partir, de huir de aquel lugar, de aquel maldito antro infernal. Sin hacer caso de nada ni de nadie, corrí a la estación y, una vez allí, me informé de la hora de salida del primer tren para París; me dijeron que a las diez, y seguidamente me ocupé de mi equipaje. A las diez... Precisamente a las diez cumplían veinticuatro horas desde aquel maldito encuentro, veinticuatro horas tan preñadas de cambiantes y contradictorios acontecimientos sentimentales que mi mundo interior parecía destruido para siempre. Pero, de momento, sólo sentía retumbar dentro de mí, a modo de un constante martilleo, en un ritmo continuo, una sola frase: ¡partir lejos!, ¡partir lejos!, ¡partir lejos! ¡Lejos de aquella dudad, lejos de mí misma, para encerrarme en mi casa, y, rodeada de los míos, volver a mi vida anterior, a mi verdadera vida!

Hice de noche el viaje a París; una vez allí, me trasladé de una estación a otra y salí directamente hacia Boulogne, de Boulogne a Dover, de Dover a Londres, de Londres a la casa de mi hijo; todo el viaje lo hice en un solo vuelo, sin meditar, sin reflexionar; cuarenta y ocho horas durante las cuales todas las ruedas del tren parecían hacer sonar esta única palabra: ¡lejos!, ¡lejos!, ¡lejos! Cuando, al fin, penetré inesperadamente en la casa de mi hijo, situada en el campo, todos se asustaron: algo habría en mi aspecto que les hizo adivinar mi angustia. Mi hijo quiso besarme, abrazarme. No se lo permití; me horrorizaba la idea de que pudiese tocar unos labios que yo consideraba manchados. Eludí toda pregunta y únicamente pedí un baño, del cual sentía absoluta necesidad, no sólo para quitarme el polvo del viaje, sino también para echar de mi cuerpo el más leve resto de mi pasión por aquel loco, por aquel ser indigno. Después, casi arrastrándome, subí a mi habitación y dormí doce, catorce horas de un sueño profundo, como nunca, ni antes ni después, he dormido; un sueño gracias al cual conozco lo que significa encontrarse tendida dentro de un féretro y sin vida. Mis familiares se ocuparon de mí como de una enferma; pero su ternura no me causaba sino dolor: me avergonzaba de su veneración, de su respeto, y en todo momento tenía que dominarme para no descubrirles de qué ignominiosa manera les había engañado a todos, les había olvidado e incluso abandonado llevada de una pasión loca y extravagante.

Sin ninguna finalidad determinada, me trasladé más tarde a una pequeña ciudad francesa donde nadie me conociera, pues sentíame obsesionada por la idea de que cada persona podía descubrir de una sola mirada mi vergüenza, el cambio que se había producido en mí y hasta qué punto estaba manchada mi alma. A veces, por la mañana, al despertarme en mi lecho, sentía un miedo horrible de abrir los ojos. Siempre de nuevo acudía a mi conciencia el recuerdo de aquella noche en que desperté al lado de un hombre desconocido y medio desnudo; y desde entonces me persiguió incesantemente, igual que en aquella ocasión, el deseo de morirme en el acto.

El tiempo, sin embargo, posee una fuerza profunda y la vejez un poder singular para quitar intensidad a los sentimientos. Vemos acercarse la muerte, su negra sombra se proyecta ante nuestros pasos, y entonces los hechos se nos aparecen más amortiguados, no penetran tan profundamente en nuestros sentidos y pierden mucho de su peligrosa virulencia. Lentamente llegué a cumplir los sesenta.

Muchos años después, encontrándome en una fiesta de sociedad con el *attaché* de la Embajada austríaca, un joven polaco, este, respondiendo a una pregunta mía sobre la familia del muchacho jugador, me dijo que diez años atrás se les había suicidado un hijo en Montecarlo. La noticia no me causó la más leve impresión. El recuerdo no me producía ya ningún dolor, y —¿por qué disimular nuestro egoísmo?— aquella noticia me proporcionó cierto placer, por cuanto entonces desaparecía todo temor, el temor de encontrarme de nuevo con él alguna vez: no existía, pues, ningún otro testigo contra mí que mi propio recuerdo. A partir de entonces, me sentí más tranquila. La vejez no significa nada más que dejar de sufrir por el pasado.

Y ahora quiero también que comprenda por qué, de súbito, me decidí a hablarle de mi propia vida. Cuando usted defendía a madame Henriette y afirmaba con férrea convicción que veinticuatro horas eran suficientes para decidir la suerte de una mujer, yo me sentí de acuerdo con usted: me sentí agradecida a usted porque, por vez primera, me veía comprendida. Entonces pensé: una vez hayas confesado el secreto que pesa sobre tu alma, quizá logres librarte de esa opresión y de la obsesionante necesidad de mirar hacia el pasado; inmediatamente, mañana mismo, podrás volver a aquellos lugares y penetrar incluso en la misma sala donde se decidió tu destino, sin experimentar la menor sombra de odio ni hacia él ni hacia ti misma. Y, efectivamente, mi corazón se ha libertado de la losa que lo abrumaba, y esta se ha hundido con todo su peso en el pasado, para no alzarse nunca más de nuevo. Me ha hecho un gran bien el hablarle a usted de todo eso: me siento más ágil, casi gozosa... y le doy las gracias por ello.

***

Después de estas palabras se levantó, y comprendí que su relato había terminado. Un tanto confuso quise decirle algo, pero ella debió de adivinar mi esfuerzo y me disuadió en el acto:

—No; se lo ruego, no hable..., no me responda nada, no me diga nada... Le estoy profundamente agradecida, y... buen viaje.

De pie ante mí, tendióme la mano. Involuntariamente le miré el rostro y, entonces, me sentí conmovido y maravillado contemplando la expresión de aquella anciana señora que, amable y al propio tiempo cohibida, tenía ante mí. ¿Era aquello el reflejo de la antigua pasión? ¿Era el rubor lo que, inquieta, arrebolaba de súbito sus mejillas hasta la raíz del pelo? Se hallaba delante de mí como una muchacha nupcialmente turbada, avergonzada de sus recuerdos y de su propia confidencia. Profundamente conmovido, quería testimoniarle, con alguna palabra, mi respeto; pero no pude hablar. Entonces me incliné, besándole respetuosamente la mano trémula, marchita como una hoja de hiedra en otoño.

*Este libro se terminó de editar en Granada*
*en abril de 2024 por*

Aliarediciones

**www.aliarediciones.es**

*info@aliarediciones.es*